रस्किन बॉन्ड

रस्किन बॉन्ड का जन्म 1934 में कसौली में हुआ था। उनका पालन-पोषण जामनगर, देहरादून, नई दिल्ली और शिमला में हुआ। युवावस्था में कुछ वर्ष उन्होंने लंदन में बिताए लेकिन वहाँ उनका मन नहीं लगा और 1955 में वह भारत लौट आए। उनके प्रथम उपन्यास *द रूम ऑन द रूफ़* के लिए उन्हें जॉन लेवेलीन राइस पुरस्कार प्रदान किया गया। यह पुरस्कार कॉमनवेल्थ के तीस वर्ष से कम आयु के साहित्यकार को उसकी उत्कृष्ट साहित्यिक कृति के लिए प्रदान किया जाता है। अब तक उनकी पैंतीस पुस्तकें प्रकाशित हो चुकी हैं। उनकी कई पुस्तकों का हिन्दी में अनुवाद हो चुका है। रस्किन बॉन्ड मसूरी के पास स्थित लैण्डोर में रहते हैं। उनका पूरा समय लेखन को समर्पित है।

1993 में उनको साहित्य अकादमी पुरस्कार, 1999 में पद्मश्री और 2014 में पद्मभूषण से अलंकृत किया गया।

रस्टी चला लंदन की ओर

रस्किन बॉन्ड

राजपाल

अनुवाद
रचना भोला 'यामिनी'

ISBN : 9789386534903

प्रथम संस्करण : 2019 © रस्किन बॉन्ड

हिन्दी अनुवाद © राजपाल एण्ड सन्ज़

RUSTY CHALA LONDON KI ORE (Stories) by Ruskin Bond

(Hindi edition of *Rusty Goes to London* first published in English in 2004
by Penguin Random House India)

राजपाल एण्ड सन्ज़
1590, मदरसा रोड, कश्मीरी गेट, दिल्ली-110006
फोन : 011-23869812, 23865483, 23867791
e-mail : sales@rajpalpublishing.com
www.rajpalpublishing.com
www.facebook.com/rajpalandsons

क्रम

भूमिका

इक्कीस साल की उम्र में इंग्लैंड से लौटने पर फिर मैंने कभी भारत नहीं छोड़ा। ज़ाहिर है इससे यह पता चलता है कि मुझे इस देश से कितना लगाव है। पर साथ में, मेरे दिल में एक डर भी था कि अगर मैं फिर विदेश गया तो कभी वापस नहीं लौटूँगा। एक साल जो इंग्लैंड में रहा, मैं बहुत ही अकेला था और लगता था कि मुझे देश निकाला मिला हुआ है। इसलिए लंदन से लौटने पर मैंने फिर कभी विदेश जाने का जोखिम नहीं उठाया। रस्टी की ज़िन्दगी की कहानी अब भारत में ही आगे बढ़ेगी। इस भारत से मुझे लगाव क्यों है यह तो मेरा दिल ही जाने। मैं कह नहीं सकता इसका क्या कारण है लेकिन दिल मेरा भारत में ही रमता-बसता है और रस्टी ने हमेशा दिल की बात मानी है।

रस्टी की कहानियों की शृंखला में यह चौथी किताब है। रस्टी अब तेईस-चौबीस साल का नौजवान है जो अपनी लेखनी से अपनी जीविका चलाने की जद्दोजहद में लगा हुआ है।

शुरू के किस्सों में रस्टी जर्सी और लंदन में है फिर आगे के अध्यायों में वापिस देहरादून आ गया है। रस्टी कोई जेम्स बॉन्ड, रेम्बो या हैरी पॉटर जैसा चरित्र नहीं है। वह एक आम संवेदनशील युवक है जो अपनी ज़िन्दगी में कुछ सार्थक और अच्छा करना चाहता है। ज़िन्दगी के इस सफ़र में उसे ऐसे लोग मिलते हैं जो उसी की तरह जीवन को सार्थक बनाने में जुटे हैं।

— रस्किन बॉन्ड

लैण्डोर, मसूरी
जनवरी 2004

भारत से बहुत अलग

जब मैं चैनल आइलैंड्स के जर्सी शहर में था, तब मुझे हिन्दुस्तान की बहुत याद आती थी।

जर्सी एक बड़ा ही खूबसूरत टापू है, दूर तक फैली रेतीले किनारों वाली खाड़ियाँ और समुद्र से उन तक पहुँचने के चट्टानों भरे गलियारे। लेकिन वह दुनिया उस दुनिया से बहुत अलग थी, जहाँ मेरी परवरिश हुई थी। किसी हिन्दुस्तानी या पूरब के किसी देश वाले की शक्ल नहीं दिखाई देती थी। न ही वह कोई अंग्रेज़ों की जगह थी, राजधानी सेंट हेलियर को छोड़कर, जहाँ कुछ अंग्रेज़ों ने होटल, लॉ फ़र्म और कुछ दूसरे काम-धंधे चला रखे थे। ज़्यादातर आबादी—किसान, मछुआरे, नगर परिषद् के सभासद फ्रेंच भाषा की एक ऐसी बोली बोलते थे जिसे फ्रांस वाले भी अपना कहने से कतराएँ। टापू सबसे पहले फ्रांस वालों का था, फिर एक सदी तक अंग्रेज़ों का रहा, बीच के समय को छोड़कर जब उस पर जर्मनी वालों ने कब्ज़ा कर लिया था। अब फिर ब्रिटिश हुकूमत का हिस्सा बन गया था, लेकिन उसकी अपनी विधान परिषद् थी और वे लोग अपने नियम-कानून खुद बनाते थे। वहाँ से टमाटर, झींगे और जर्सी गाय दूसरे देशों को भेजी जाती थी और टापू पर उन लोगों का माल 'आयात' किया जाता था जिन्हें किसी ऐसी जगह की तलाश होती थी जहाँ टैक्स से छुटकारा मिले।

गर्मी के महीनों में टापू पर छुट्टियाँ मनाने वाले अंग्रेज़ों की भरमार रहती थी। लम्बी ठिठुरन भरी सर्दियों के दौरान इंग्लिश चैनल में तूफ़ानी हवाएँ चलती थीं और समंदर का किनारा वीरान नज़र आता था। मुझे पता था कि उस जगह

से मेरा कोई रिश्ता नहीं है, बल्कि मुझे उस जगह से बेहद चिढ़ थी। वहाँ पहुँचने के चन्द दिनों बाद ही मुझे हिन्दुस्तान के छोटे शहरों की अलसाई-सी, मस्ती भरी, अमराई से महक समेट कर लाती हवा की याद आने लगी। गर्मी के मौसम में तड़क-भड़क वाले गुलमोहर की शान, भैंस पर बैठकर गन्ना चूसते नंगे-पाँव फिरने वाले लड़के, घास में चोंच मारते हुदहुद पक्षी, हवा में कलाबाज़ियाँ खाकर तमाशा दिखाते नीलकंठ, किसी लड़की का हवा में उड़ता गुलाबी दुपट्टा, पहली बारिश से गीली हुई ज़मीन की सोंधी महक और सबसे ज़्यादा तो देहरा वाले मेरे यार याद आते।

आखिर मैं यूरोप से परे हटकर बर्फ़ीले सागर के बीच इस बारह मील लम्बे और पाँच मील चौड़े टापू पर क्यों हूँ? टापुओं यानी जज़ीरों के बारे में किस्से सुनना तो अच्छा लगता है, लेकिन मेरी बात मानना, किसी टापू पर कभी न रहना—वरना एक हफ़्ते बाद परेशान हो जाओगे।

मैं तो यहाँ अपने पहले उपन्यास को छपवाने के चक्कर में, किस्मत आज़माने आया था। अंग्रेज़ी में लिखने वाले युवा लेखकों के लिए भारत में कभी भी बहुत अच्छा माहौल नहीं रहा। और मैं कोई और काम-धंधा तो करने वाला था नहीं।

मैंने स्कूल की पढ़ाई पूरी कर ली थी और फिर एकाध साल से देहरा में यूं ही आवारा-सा घूमता-फिरता रहा था, यह सोचकर कि चन्द दोस्तों के साथ मुझे इसी आवारागर्दी से अपने पहले उपन्यास के लिए सही नज़रिया, माल-मसाला और माहौल मिल जाएगा।

मैं हमेशा से ही लेखक बनना चाहता था क्योंकि और किसी बात से मुझे उतनी खुशी नहीं मिलती थी जितनी किताबों से घिरे रहने से, उन्हें पढ़ने और फिर लिखने से मिलती थी। मेरी ज़िन्दगी में जब-जब अकेलेपन के दौर आए, तब-तब किताबों ने ही मेरा साथ दिया। मैं जब महज़ चार साल का था, तब मेरे माता-पिता अलग हो गए थे और मेरी माँ ने दूसरी शादी कर ली थी। मैं ज़्यादातर अपने पिता के साथ रहा, जहाँ-जहाँ उन्हें अपनी नौकरी के सिलसिले में जाना पड़ा, वहाँ साथ गया या फिर बीच-बीच में अपने नाना-नानी के साथ देहरा में रहा। लेकिन जब मैं सिर्फ़ ग्यारह साल का था, तब

मेरे पिता मलेरिया के शिकार होकर चल बसे। मैं कुछ समय नानी के पास रहा लेकिन वह भी इस जहां को छोड़ गईं। उसके बाद मुझे रहने के लिए इधर-उधर करना पड़ा—पहले मैं अपनी माँ और सौतेले पिता के साथ रहा, फिर मुझे अपने पिता के एक चचेरे भाई मिस्टर जॉन हैरिसन की देखरेख में छोड़ दिया गया। मैं स्कूल की पढ़ाई पूरी कर चुका था और उन दिनों कुछ भी नहीं कर रहा था जब कुछ हालात ऐसे बन गए कि मुझे मिस्टर हैरिसन का घर छोड़ना पड़ा। मैं किशन को ट्यूशन पढ़ाने लगा, (जो कि मुझसे कोई बहुत छोटा नहीं था) और कपूर परिवार के घर की छत पर बने छोटे से कमरे में रहता था और इस तरह पहली बार अपनी एक अलग पहचान बनाने की जद्दोजहद में था।

लेकिन ज़िन्दगी ने हमेशा की तरह, मेरे लिए कुछ और ही तय कर रखा था। जल्दी ही रहने की पक्की जगह और रोज़ी-रोटी कमाने का ज़रिया, दोनों से ही हाथ धो बैठा। मैं हरेक दिन को एक-एक करके जीना और मुश्किलों को ज़िन्दगी का हिस्सा मान उनसे निपटना सीख गया। इस सबसे जल्दी-से-जल्दी लेखक बनने का मेरा इरादा और ज़ोर पकड़ता चला गया। इसी बीच, अचानक ही, मेरा अपने पिता के एक पुराने जानकार मिस्टर पेटिग्रू से मिलना हुआ और इत्तेफ़ाक से उनसे मुझे कुछ किताबें भी मिल गईं जो मेरे पिता मेरे लिए छोड़ गए थे।

उनमें से एक थी लुइस कैरल की *ऐलिस इन वंडरलैंड* का पहला संस्करण। मिस्टर पेटिग्रू की राय पर चलते हुए मैंने यह नायाब किताब लंदन के एक पुरानी किताबें इकट्ठी करने के शौकीन को बेचने की बात तय की। इससे मुझे सौ पाउंड मिले जिन्हें मैं इंग्लैंड जाने के किराए-भाड़े पर खर्च करने का इरादा रखता था। किसी तरह, मेरे पिता की चचेरी बहन एमिली आंटी को मेरे इरादे का पता चल गया और उन्होंने मुझे लिख भेजा कि जब तक मुझे लंदन में नौकरी नहीं मिल जाती, तब तक उनके परिवार वाले, जो कि जर्सी में बस गए थे, मुझे खुशी-खुशी अपने साथ रखने को तैयार हैं। इससे मेरी उलझन दूर हो गई और जल्दी ही मैं बलार्ड पीयर पर था, जहाँ से पी एण्ड ओ के जहाज़ स्ट्रैथनेवर पर सवार होकर समन्दर में मेरा लम्बा सफ़र शुरू

होना था। 1920 के दशक में बना यह जहाज़ पहले विश्व युद्ध में फ़ौजियों को लाने-ले जाने के काम में लगाया गया था, लेकिन अब फिर मुसाफ़िरों को ले जाने वाला जहाज़ बन गया था। 1950 के दशक के शुरू तक आमतौर पर बड़े-बड़े पानी के जहाज़ों के ज़रिये ही दूर देशों का सफ़र तय किया जाता था। धीरे-धीरे लाल सागर से होकर अदन पर हाज़िरी लगाते हुए स्वेज़ के रास्ते पोर्ट सईद रुकते हुए भूमध्यसागर को पार करने निकला। पोर्ट सईद पर चाहे आप पिरामिड देखने चले जाएँ या बन्दरगाह के पिछवाड़े वाली गलियों में किसी वेश्या के पास जाने का जोखिम उठाएँ। फिर भूमध्यसागर के उस पार रात को लावा उगलता विसूवियस (या फिर वह स्ट्रॉम्बॉली था?) दिखाई देता था। रास्ते में पड़ने वाले मर्सेई में जहाज़ कुछ देर ठहरा जहाँ स्कूल में सीखी हुई फ्रेंच की पकड़ को परखा जा सकता था और आप ऐसे पोस्टकार्ड भी खरीद सकते थे जिन्हें देखने वाला शरमा जाए। आखिरकार टेम्स नदी के मुहाने पर टिलबरी में जहाज़ ने लंगर डाला, जहाँ से थोड़ी-सी देर में ट्रेन से लंदन पहुँचा जा सकता था।

बंबई में जहाज़ के रवाना होने के इंतज़ार में मुझे दो रातें लैमिंगटन रोड के एक बेहद घटिया होटल में बितानी पड़ीं और हो न हो, वहीं मैं हैपेटाइटिस वाइरस की चपेट में आ गया, हालाँकि मुझे जर्सी पहुँचने तक पीलिया नहीं हुआ। बंबई को मैं कभी रास नहीं आया। अब उसका नया नाम मुंबई रख दिया गया है, तो हो सकता है कि मेरी किस्मत खुल जाए।

अदन मुझे अच्छा लगा। सहज-सरल सा था। हालाँकि मैं पेड़ों और जंगलों का चाहने वाला हूँ, लेकिन वहाँ रेगिस्तान में भी कुछ ऐसा था जो मेरे अकेलेपन की फ़ितरत को रास आ रहा था। लेकिन कुदरती रेगिस्तान ठीक है, इंसान की कारगुज़ारियों से बना नहीं। मुझे नहीं मालूम कि हमेशा रेत, खजूर के पेड़ों और ऊँटों से घिरे रहने वाले मकान में मेरा गुज़ारा होता या नहीं, लेकिन कंक्रीट के जंगल में—या फिर जर्सी में रहने से तो वह अच्छा ही होता!

और ऊँटों की भी अपनी शख़्सियत होती है।

क्या मैंने आपको राजस्थान में ऊँटों के मेले की दास्तान सुनाई है? खैर, धड़ल्ले से ऊँट बिक रहे थे और जो सबसे बढ़िया थे उनकी अच्छी कीमत लग

रही थी। ऊँटों के एक बुज़ुर्ग से व्यापारी को एक ऊँट बेचने में दिक्कत आ रही थी, जिसने अपने मालिक की तरह कभी अच्छे दिन भी देखे थे। सूखा, मरियल, आधा अंधा-सा ऊँट था जो इतनी ज़ोर का धचका खाकर चलता था कि ज़्यादा दूर जाने से पहले ही लोग गिर पड़ते थे।

''कौन ख़रीदेगा तुम्हारा यह सड़ियल-सा, लंगड़ा, बूढ़ा ऊँट?'' उसे नीचा दिखाने की फिराक में रहने वाले ऊँटों के एक दूसरे व्यापारी ने पूछा। ''मुझे सिर्फ़ एक ख़ूबी बताओ जिसकी वजह से इसे दूसरे ऊँटों से बेहतर माना जाए।''

बुज़ुर्ग ऊँट वाला बड़ी शान के साथ उठा और सच्चे राजपूतों वाले गुमान के साथ उसने जवाब दिया—शख़्सियत भी तो कोई चीज़ होती है, नहीं होती हो तो कहो?

एक लड़के के तौर पर क्या मेरी भी कोई 'शख़्सियत' थी? शायद अब जो कुछ है उससे कहीं ज़्यादा थी। मैं परेशानियाँ झेलने, रूखा-सूखा खाने और बीच-बीच में सुबह के नौ बजे से शाम पाँच बजे तक नौकरी भी करने को तैयार रहता था, बशर्ते मैं अपनी किताब पूरी करने या कोई नई कहानी लिखने के लिए रात को जाग सकूँ। तब से तकरीबन पचास साल बीत चुके हैं, मैं आज भी सीधी-सादी ज़िन्दगी जीता हूँ—एक अच्छा-सा मज़बूत-सा पलंग, एक मेज़ जो न ज़्यादा बड़ी और न ज़्यादा छोटी, मेरे इकलौते सूट के लिए एक कोट टाँगने वाला हैंगर और खिड़की के पास एक आरामदेह कुर्सी। इनके अलावा और सब बेकार की बात है।

जब वह जहाज़ अदन से रवाना हुआ, तभी मेरी सारी उमंगें मेरे अन्दर चल रही हैपेटाइटिस की सुगबुगाहट से ठंडी पड़ने लगी थीं। शायद लैमिंगटन रोड वाले होटल के उस सामूहिक शौचालय में लगातार ऊँचे उठते पखाने के पहाड़ से इसका कुछ लेना-देना था। जिस दिन मैं जर्सी में अपनी आंटी के घर पहुँचा, उसी दिन मुझे पीलिया हो गया और फिर मुझे दो-तीन हफ़्ते बिस्तर पर बिताने पड़े। लेकिन आराम और सही खाने-पीने से जल्दी तबीयत ठीक हो गई। और जैसे ही मैं चलने-फिरने लायक हुआ, नौकरी की तलाश में जुट गया।

मेरे पास अब अपने सफ़र के लिए बचाई हुई रकम में से दो-तीन

पाउंड ही बचे थे और पूरी तरह से रिश्तेदारों के भरोसे रहना मुझे पसन्द नहीं। मेरे लेखक बनने की बात उन्हें ठीक नहीं लगती थी। इसके अलावा, वे मुझ पर इस तरह तरस खाते थे जैसे कोई किस्मत या गुरबत के मारे किसी रिश्तेदार के बारे में सिर्फ़ इसलिए सोचता है क्योंकि वह रिश्तेदार है। वह मेरे साथ अपना फ़र्ज़ निभा रहे थे, यह उनका बड़प्पन था, लेकिन इससे मेरा चैन खो गया था।

जर्सी की राजधानी और बन्दरगाह सेंट हेलियर वकीलों के दफ़्तरों से भरा पड़ा था और न जाने कौन-सी ताकत उनकी ओर धकेलती थी, बस मैं नौकरी के लिए पूछता, एक के बाद दूसरे वकील के दफ़्तर के चक्कर लगाया करता था। मुझे लगता है कि मैं यह सोच बैठा था कि वकीलों को बाबू-मुनीम की हमेशा ज़रूरत बनी रहती है। लेकिन बदकिस्मती से मुझे कहीं नौकरी नहीं मिली। बीस बरस की उम्र थी, मैं बहुत छोटा था और ज़मीनी सच्चाइयों का पता नहीं था। वकीलों की एक फ़र्म ने मुझे चाय पिलाने के काम पर रखने को कहा, लेकिन मुझे ढंग की चाय बनानी आती नहीं थी, इसलिए मैंने न कर देने में ही भलाई समझी। आखिर में मुझे ला रिचीज़ नाम की बड़ी-सी रोज़मर्रा के सामान की दुकान में काम मिल गया और चने-चबैने भर की रकम का इंतज़ाम हुआ। वहाँ मैं अपने जैसे दूसरे बाबुओं की तरह ऊँचे से स्टूल पर बैठा हमेशा सामान लेने वाले ग्राहकों के बिल बनाया करता था।

तब तक सर्दी का मौसम परवान चढ़ चुका था और मैं उजाला होने से पहले ही सुबह साढ़े सात बजे काम के लिए पैदल निकल जाता था और जब शाम छह बजे लौटता, तब तक और भी गहरा अंधेरा छा जाया करता था। उन दिनों काफ़ी देर तक काम करवाने का चलन था! इसलिए मुझे, साप्ताहिक छुट्टी के सिवा और किसी दिन सेंट हेलियर में ज़्यादा घूमने का मौका ही नहीं मिलता था।

शनिवार को आधे दिन के बाद छुट्टी हो जाती थी। लम्बे वाले रास्ते से चक्कर काट कर घर जाते हुए मुझे एक छोटा-सा सिनेमाघर मिल गया था जहाँ पुराने ब्रिटिश कॉमेडी शो चलते थे। एकाध शिलिंग के बदले मैंने ऐसे हास्य कलाकारों को जाना जिन्होंने संगीत सम्मेलनों के ज़माने में अपनी जगह

बना ली थी और जिनका सीधा-साफ़ मज़ाकियापन मुझे भाता था। शिमला के स्कूल में पढ़ते हुए उनमें से कुछ—जॉर्ज फ़ॉर्मबी, सिडनी हावर्ड, मैक्स मिलर (जिनकी द चीकी चैपी को उसके द्विअर्थी संवादों के लिए जाना जाता है), टॉमी ट्रिंडर, ओल्ड मदर राइली (वास्तव में औरत के भेष में मर्द), लॉरेल एण्ड हार्डी और कई दूसरों से *फ़िल्म फ़न* नाम की अपनी पसन्दीदा कॉमिक के ज़रिये पहले से जान पहचान थी।

मुझे ला रिचीज़ स्टोर से चिढ़ थी। मेरे साथ जो दूसरे छोटे बाबू थे वे हमेशा नाक ही खखोला करते थे। बड़े बाबू को सिर्फ़ इंग्लैंड से रेस के नतीजों का इंतज़ार रहता था। दो-तीन लड़कियाँ थीं जो उस ज़माने के पॉप स्टार्स की तस्वीरें देख-देख कर लार टपकाया करती थीं। मुझे इस दौर की ज्यादा बातें नहीं याद रही हैं, लेकिन इतना ज़रूर याद है कि जब महाराजा जॉर्ज षष्ठम् मरे थे तो हमने एक मिनट का मौन रखा था। फिर अपने बही-खातों में जुट गए थे।

जॉर्ज षष्ठम् लोगों के चहेते राजा थे। बेहद शान्त और दिखावे से दूर रहने वाले इंसान थे। लोग उनकी बड़ी इज़्ज़त करते थे क्योंकि लंदन पर हवाई हमलों के दौरान, जब कई महीनों तक हर रात शहर पर बम के गोले बरसते थे, तब भी वह राजधानी में ही रहे। मुझे लगा कि वह एक मिनट के मौन से ज्यादा के हकदार थे। हिन्दुस्तान में तो हम किसी भी ऊँचे ओहदे वाले, या किसी बुलंदी के दावेदार तक के गुज़र जाने पर पूरे-पूरे दिन की छुट्टी कर देते थे और यहाँ क्या था—द किंग इज़ डेड। लॉन्ग लिव द क्वीन! यानी 'महाराज स्वर्ग सिधारे। जीती रहें महारानी!' का नारा लगाया जाता था। और फिर सुनाई देता था—ख़्वाबों में मत खो जाओ, बॉन्ड। बिल बनाओ।

समुद्र भी बड़ी राहत देता था। छुट्टियों और गर्मियों की शामों को समुद्र के किनारे टहलने चला जाया करता था। और वहाँ अपनी जानी-पहचानी चट्टानों को ज्वार-भाटे के चढ़ते-उतरते पानी में डूबते-निकलते देखा करता था। रविवार को कभी-कभी मैं पैदल ही जर्सी की सेंट हेलियर बीच पर चला जाता था, क्योंकि वह मेरी आंटी के घर से बहुत पास थी। वहाँ जब ज्वार का पानी उतरता था, तो मैं उसके साथ टहलता हुआ दूर रेती में से निकली चट्टानों तक चला जाता था और दूर-दूर तक फैले भव्य एकान्त में धूप सेंकता

था। पिताजी के स्वर्ग सिधारने के बाद भी उन दिनों जैसा अकेलापन कभी महसूस नहीं हुआ था।

मैं थोड़ा-बहुत तैर लेता था, लेकिन कोई जॉनी वाइज़मूलर (टारज़न का बेहतरीन किरदार निभाने के लिए मशहूर जर्मन तैराक) तो था नहीं, इसलिए ज्वार आने से पहले ही वापस सूखी रेती तक पहुँचने के लिए लौट पड़ता था। एक बार एक जोड़ी इन्हीं चट्टानों पर तेज़ लहरों की चपेट में आ गई और उन दोनों की लाशें दूसरे दिन किनारे लगीं। जब ज्वार आता था, तब मुझे लहरों को तेज़ी से किनारे बनी दीवार की ओर बढ़ते देखना, फिर उनके दीवार से टकराने पर खारे पानी की फुहारें उठना और उनका मेरे चेहरे पर पड़ना अच्छा लगता था। जाड़ों में तूफ़ानी हवाएँ चलती थीं और तब मुझे अपना सारा बोझ सामने से आती हवाओं पर डालकर आगे बढ़ने में खूब मज़ा आता था। कभी-कभी हवाएँ इतनी तेज़ होती थीं कि मेरा सारा वज़न अपनी बाँहों में थाम लेती थीं। हवा का ज़ोर पीठ पर लगने में कोई मज़ा नहीं था, क्योंकि ऐसे में हवा आपको सड़क पर बेहद बेहूदे ढंग से धकेलती थी जिससे आप ऐसे लगते जैसे चार्ली चैपलिन सरपट दौड़े चले जा रहे हों।

दुछत्ती वाला जो कमरा मेरे पास था, वहाँ आकर मैं अपने उपन्यास पर काम करने लगता था, जो कि देहरा में बिताए पिछले बरसों में लिखी मेरी डायरी पर आधारित था। था तो वह रोज़नामचा ही, लेकिन मैं उसके बीच-बीच में भारत के उस हिस्से के नज़ारे, वहाँ की आवाज़ें और गंध जैसी बारीकियाँ भरने में जुटा था, जिसे मैं बहुत अच्छी तरह जानता था। साथ ही, मैं अपने दोस्तों—सोमी, रनबीर, और किशन के किरदारों को नए सिरे से गढ़ने और किशन की माँ से बचपने में हुए प्यार का रस भरने में लगा था। उन दिनों के इस रोज़नामचे को मैं वैसा भी छोड़ सकता था, लेकिन तब उसे छापने के लिए कोई प्रकाशक न मिलता। 1950 के दौर में कोई प्रकाशक बाइस साल के ऐसे लड़के के दर्द-ए-दिल से भरा रोज़नामचा छापने में दिलचस्पी न लेता जिसकी कोई पहचान न हो। इसलिए उसे एक उपन्यास की शक्ल देना ज़रूरी था।

बचत के छह पाउंड

मैं किस्मत का धनी था कि मुझे जर्सी में लाइब्रेरी मिल गई और इस बार मैंने टैगोर की लगभग सभी पुस्तकें पढ़ डालीं, जो उन आरंभिक मैकमिलन संस्करणों में प्रकाशित हुई थीं—द *क्रीसेंट मून*, द *गार्डनर* और अधिकतर नाटक। साथ ही साथ लेखक रमर गोडन के भारतीय उपन्यास—द *रिवर*, *ब्लैक नार्सिसस*, *ब्रेक्फ़ास्ट एट द निकोलीड़िज़*। इसके अलावा एक बंगाली लेखक सुधीन घोष को भी पढ़ने का मौका मिला, जिन्होंने बंगाली के देहाती परिवेश में बीते बचपन के सुंदर संस्मरण लिखे थे—*एंड गैज़ल्स लीपिंग* और *क्रेडल इन द क्लाउड्स*; अब तो वे किताबें शायद मुश्किल से ही मिलेंगी।

जाने-माने निर्देशक ज्याँ रेनायर की फ़िल्म 'द रिवर' 1952 में रिलीज़ हुई और मैंने उसे सेंट हेलियर सिनेमा में देखा था, मैं यादों की लहरों में कहीं खो सा गया था। मैंने वह फ़िल्म पाँच बार देखी थी। तीन महीने तक ला रिचेज़ कंपनी के साथ काम करने के बाद मुझे एक ट्रेवल एजेंट के सहायक के तौर पर काम मिल गया, वह महिला तीस के लपेटे में रही होगी, जिसने थॉमस कुक एंड सन्स नामक मशहूर ट्रेवल एजेंसी के लिए जर्सी में एक ऑफ़िस खोला था। जिसके लिए वह लंदन में काम करती रही थी। वह होनहार, पर थोड़ी तुनकमिज़ाज थी और खुद को शांत रखने के चक्कर में एक के बाद एक सिगरेट फूँकती। हालाँकि मुझे सिगरेट पीना पसंद नहीं पर अक्सर मुझे सिगरेट पीने वालों की संगत में ही रहना पड़ा है—पहले मेरी माँ, मेरे सौतेले पिता और फिर मिस फ़ील्डिंग।

मिस फ़ील्डिंग लंदन ऑफ़िस में बात करते हुए भी अपने होंठों से

सिगरेट नहीं हटाती थी। उसकी बातों का अंत कुछ इस तरह होता—कश लेते हुए—सी व्यू पर डबल कमरा, क्या आपने यही कहा ?—कश लेते हुए—ओह, अलग-अलग पलंग या ट्विन बैड ?—सिगरेट का कश भीतर लेना और धुआँ छोड़ना—अलग। उनके पास हमेशा अलग-अलग पलंग वाले कमरे भी होते हैं। अच्छा—कश—वे दक्षिण अफ्रीका से हैं ?—कश—इस होटल में तो नहीं हो सकेगा, रंग भेद का चक्कर है। ओह, वे लोग गोरे हैं—कश—व्हाइट या ऑफ़-व्हाइट ?

रंगत पर बहुत ध्यान देने वाले जर्सीवासी एशिया, अफ्रीका या अमेरिकी महाद्वीपों से पर्यटकों को बहुत ज्यादा भाव नहीं देते थे। मुझे नहीं लगता कि थॉमस कुक की ओर से ऐसा करने के लिए कोई नीति रही होगी पर हमें लगातार जर्सी के होटलों से यही निर्देश मिलते कि वे ऐसे पर्यटकों को अपने यहाँ नहीं रखते। बहु-सांस्कृतिक ब्रिटेन अब भी पच्चीस साल पीछे था।

मिस फ़ील्डिंग को इन छोटी-मोटी बातों से कोई अंतर नहीं पड़ता था। उसका एक ऐसे सज्जन के साथ प्रेम-प्रसंग चल रहा था जो पुराने अग्निशामक यंत्रों को सुधार कर बेचता था। पर वह चाहकर भी अपनी प्रेमिका की सिगरेट की लत नहीं छुड़ा सका। वह एकाध बार कार्यालय में आया तो मुझसे बात की कि क्या मैं उसके काम में पच्चीस पाउंड लगाना चाहूँगा। इस तरह मैं उसके दस अग्निशमन यंत्रों का थोड़ा मालिकाना हक भी पा लूँगा उसने कहा। उसने अपनी ओर से पूरा ज़ोर लगाया पर मेरी बचत उस समय छह पाउंड से ज्यादा नहीं थी इसलिए मैं उसकी पेशकश को नहीं अपना सका। उसने बताया कि वह खराब हो चुके अग्निशमन यंत्रों को खरीद कर उनमें नई जान डाल देता था। वे बिलकुल नए माल की तरह हो जाते। इसी तरह मिस फ़ील्डिंग भी उसके कमरों में दोपहर को वक्त बिताने के बाद बिलकुल तरोताज़ा माल जैसी दिखने लगती।

पर थॉमस कुक वाले मुझसे खुश नहीं थे। मुझे प्रतिदिन कई घंटों तक सारा कार्यालय सँभालना पड़ता। मैं ही लंदन से आने वाली कॉल सुन कर, लोगों के लिए आइलैंड्स में होटल बुक करता। मेरी परेशानी यह थी कि अक्सर मुझसे ट्विन बैड और डबल बैड का अंतर समझने में गड़बड़ी हो जाती। मैं बारंबार बुज़ुर्ग जोड़ों को डबल बेड दे देता, जो बरसों से एक साथ

नहीं सोए थे और ऐसे दंपतियों को जबरन अलग कर देता जो एक-दूसरे से दूर नहीं रह सकते थे। मिस फ़ील्डिंग ने अपनी ओर से मुझे पढ़ाने-सिखाने में कोई कसर नहीं छोड़ी पर मैं इतनी जल्दी सीखने वालों में से नहीं था।

पलंग तो बदले जा सकते थे पर जब मैंने गोरों के लिए खासतौर पर बने होटल में ब्राज़ील के सांबा नर्तकों के लिए कमरा बुक कर दिया, तो मुझे काम से निकाल दिया गया। इसके बाद मैंने सुना कि मिस फ़ील्डिंग को लंदन वापिस बुलवा लिया गया था और उनके सज्जन मित्र लोकल अथॉरिटी को अपने ब्रांड नाम से ठीक किए गए पुराने अग्निशमन यंत्र देते धरे गए।

~

मेरी अगली नौकरी कहीं बेहतर थी। यह सार्वजनिक स्वास्थ्य विभाग में थी जो सेंट हेलियर बंदरगाह के नज़दीक ही था और मेरी आंटी के घर से बीस मिनट का पैदल का रास्ता था—मुझे कई बार तूफ़ानी हवा से जूझ रही पहाड़ी से होते हुए, बंदरगाह के खुले मैदानी इलाके तक जाना होता था। मेरे साथ के क्लर्क, सभी उम्र में बहुत बड़े, दोस्ताना स्वभाव के खिलंदड़े इंसान थे, मुझे लगभग एक साल तक उनके अधीन जूनियर क्लर्क की हैसियत से काम करना था।

अपनी आंटी के घर उस छोटे से अटारीनुमा कमरे में रहते हुए मैंने जल्द ही अपना उपन्यास पूरा कर लिया। अभी भारत से आए बहुत समय नहीं बीता था पर मुझे अपने घर की याद सताने लगी थी और उस किताब के ज़रिए मैं अपने जानकार और प्यारे लोगों और जगहों को फिर से जी पा रहा था।

उसी ऑफ़िस में मुझे एक हमदर्द सीनियर क्लर्क मिले, जिनका नाम मिस्टर बेस्ट था। वे गुड लैंकेशायर स्टॉक से थे। उनकी पत्नी और बेटा इस दुनिया से विदा ले चुके थे और वे सेंट हेलियर के पास ही कहीं रहते थे। मेरा घर भी पास ही था इसलिए अक्सर हम दोनों काम के बाद, समंदर के पास से होते हुए, रेतीले तटों पर पछाड़ें खाती और चट्टानों से टकराती लहरों को देखते हुए घर लौटते।

मुझे उनकी बातों से पता चला कि उन्हें कोई लाइलाज बीमारी थी और वे इसी उम्मीद में जर्सी में काम करने और रहने आए थे कि शायद इस

जलवायु से उनकी सेहत में सुधार हो। उन्होंने मुझे यह नहीं बताया कि उन्हें क्या बीमारी थी; पर वे अक्सर अपने उस बेटे की बातें करते जो जंग में मारा गया था, इसके साथ ही वे अपने घर, नॉर्थ कंट्री के बारे में भी बताते। कहीं-न-कहीं उन्हें लगता था कि हम दोनों को ही देशनिकाला मिला हुआ था और हम अपने घरों से दूर, उस चैनल के छोटे से बेगाने दिखने वाले आइलैंड में रहने आ गए थे।

वे पढ़ने के बहुत शौकीन थे और मेरे लेखक बनने की ख़्वाहिश से हमदर्दी रखते थे। उन्होंने स्वयं भी एक बार हाथ आज़माया पर सफल नहीं हो सके।

उन्होंने कहा था, ''बेटा, मेरे पास इतना धीरज नहीं है। मेरा मन इतना खोजी भी नहीं, जितना एक लेखक का होना चाहिए। केवल अच्छा लिखना ही काफ़ी नहीं होता—तुम्हें यह भी पता होना चाहिए कि एक अच्छी किस्सागोई किसे कहते हैं...जो लोग ये दोनों काम कर सकते हैं, जैसे कि कोनार्ड और स्टीवन्सन, वे लोग आज भी पढ़े जाते हैं। आलोचक कहते हैं कि हेनरी जेम्स मास्टर स्टाइलिस्ट थे, और वे ऐसे ही थे भी, पर उन्हें पढ़ता कौन है?''

मिस्टर बेस्ट ने सदा मेरे लेखन को हौसला दिया। उन्हें मेरे किताब लिखने के संकल्प को देखकर बहुत खुशी मिलती थी।

शनिवार की एक दोपहर, मैं एक दुकान के बाहर खड़ा, सजावटी खिड़की से दिख रहे छोटे टाइपराइटर को ललचाई नज़रों से ताक रहा था। मुझे ठीक उसी टाइपराइटर की ज़रूरत थी। किताब लगभग खत्म होने वाली थी पर मैं जानता था कि उसे प्रकाशक के हाथों देने से पहले, मुझे उसे दोबारा टाइप करना होगा।

''बच्चे! टाइपराइटर खरीदने आए हो,'' अचानक मिस्टर बेस्ट उधर आ निकले।

''काश! मैं ऐसा कर पाता। यह उन्नीस पाउंड का है और मेरी बचत केवल छह पाउंड की है। मुझे कहीं से पुरानी मशीन ही भाड़े पर लेनी होगी,'' मैंने कहा।

''पर एक अच्छी टाइप की हुई किताब की बात ही कुछ और होती है।

संपादक बेचारे निढाल किस्म के, हमेशा थके रहने वाले जीव होते हैं। अगर उनकी मेज़ पर गंदी टाइपिंग वाली पांडुलिपि आ जाए तो उसे उन्हें कचरे की टोकरी में फेंकने में देर नहीं लगती, भले ही वह कोई मास्टरपीस ही क्यों न हो।''

''मेरी आंटी का एक पुराना टाइपराइटर तो है, पर उसे अब तक संग्रहालय में होना चाहिए था। उसमें से 'बी' वर्ण नदारद है। शायद उन्होंने या अंकल ने उसका कुछ ज़्यादा ही इस्तेमाल किया होगा। खैर, जब भी मैं अपनी कहानियों को उस पर टाइप करता हूँ तो मुझे पूरी कहानी में छूटे हुए 'बी' वर्ण को फिर से स्याही से लिखना होता है।''

''बच्चे! ऐसे तो बात नहीं बनेगी, ना। बताया ना तुम्हें। तुम ऐसा करो। अपने छह पाउंड मुझे दे दो। मैं उसमें बाकी के तेरह पाउंड डाल देता हूँ और हम मशीन खरीद लेंगे। फिर तुम अपने वेतन से हर सप्ताह एक-एक पाउंड वापस करते हुए, अपना उधार चुका देना। क्यों, क्या ऐसा करना ठीक रहेगा?''

मैं तो सकते में आ गया। कैसा सुंदर प्रस्ताव था। मुझे तो वे हमेशा थोड़े कंजूस ही लगे थे, क्योंकि वे कभी सिनेमा या रेस्तराँ में पैसा खर्च नहीं करते थे, पर आज वे मुझे अपने नए टाइपराइटर की खरीद के लिए पैसा उधार दे रहे थे।

मैंने उनका प्रस्ताव मान लिया और अपने हाथों में नया चमचमाता टाइपराइटर लिए, दमकता हुए वापिस लौटा। उस रात, देर तक जागते हुए, अपनी किताब का पहला अध्याय पूरा टाइप कर दिया।

वह गर्मियों का मौसम था और सर्दी आते-आते मैं उन्हें छह पाउंड उधार वापिस कर चुका था।

जर्सी की सर्दी से मेरा सामना हुआ। बर्फ़ तो नहीं पड़ती थी पर बर्फ़ीली हवाएँ हड्डियों को भेद देतीं और मेरा स्पोर्ट्स कोट (मेरे पास ओवरकोट नहीं था) उस ठंड को रोक नहीं पा रहा था। उन हवाओं में एक अजीब-सी कंपकंपी देने वाली तासीर थी। एक शाम, मैं बहुत ही उदास और मायूस था, जानबूझकर उन ठंडी हवाओं के बीच ही सैर करने निकल पड़ा, मैंने समंदर की ओर जाने वाली राह पकड़ी। तेज़ हवा जैसे मुझे चीर रही थी और अपने साथ

बहाए ले जा रही थी; ज्वार-भाटे के दिन थे और लहरें समंदर की दीवार से टकरा कर लौट रही थीं, जाते-जाते मेरे चेहरे पर ठंडे पानी के छींटे मारना भी नहीं भूलती थीं। उसी सैर के दौरान मैंने संकल्प लिया कि अगर मुझे लेखक बनना है तो मुझे जर्सी छोड़कर लंदन वापिस जाना होगा, भले ही इसके लिए कुछ भी क्यों न करना पड़े।

यह संकल्प कुछ ही दिन में और पक्का हो गया। कुछ दिन बाद अचानक अंकल से मेरी डायरी को लेकर झगड़ा हो गया।

अक्सर मैं अपनी डायरी में कुछ-न-कुछ नोट करता रहता था। जिसके आधार पर कुछ लिखते समय आसानी रहती लेकिन जब कभी मन उखड़ा हुआ होता तो वह डायरी अपने-आप ही मेरी हमदर्द बन कर, मन की बात लिखवा लेती। अचानक मेरी किताबों के बीच अंकल के हाथ वह डायरी लग गई। वे जानकर ऐसा नहीं कर रहे थे, यह एक संयोग रहा होगा। उन्हें उस डायरी में एक-दो जगहों पर ऐसी टिप्पणी देखने को मिलीं जिनमें मैंने उनके परिवार के उपनिवेशी रवैए के बारे में लिखा था। वे एक दक्षिण भारतीय ईसाई थे, मेरी आंटी एक एंग्लो-इंडियन थीं और फिर भी वे एंपायर के हिमायती थे!

बेशक, यह उनका निजी मामला था और उन्हें अपनी राय बनाने का पूरा हक था—पर मुझे उनकी इस बात से कोफ़्त होती कि वे मुझे नियमित तौर पर पत्र लिखने वाले मेरे भारतीय मित्रों की निंदा करते। वे चाहते थे कि मैं उन संबंधों को भुलाकर, अपनी पसंद और रवैए को ब्रिटिश बनाने की कोशिश करूँ। उनके अपने बच्चों ने बोलचाल में अंग्रेज़ी लहजा अपना लिया था पर मैं अब भी छि:-छि: बोलता था!

मुझे अपनी डायरी में लिखे शब्द तो सही तरह से याद नहीं, क्योंकि उस घटना के बाद उसे फेंक दिया था; पर मेरे अंकल ने मेरी जमकर क्लास ली। मैंने उन पर आरोप लगाया कि वे मेरे निजी पत्र और कागज़ खोलकर पढ़ते थे। हालाँकि अगले ही दिन मामला शांत हो गया, पर मैंने वहाँ से जाने की ठान ली थी।

किस्मत से, उन्हीं दिनों एक प्रकाशक (जिसे किताब भेजी गई थी, वह तीसरा प्रकाशक था) की ओर से पत्र आ गया, जिनका कहना था कि कहानी

तो उन्हें पसंद आई पर उनके पास कुछ सुझाव थे और उन्होंने पूछा था कि क्या लंदन में हमारी भेंट हो सकती है।

मैंने अपने वेतन से छह पाउंड बचा लिए थे और अपने ऑफ़िस को एक सप्ताह का नोटिस देने के बाद, मैंने अपना खस्ताहाल बिस्तर बाँध लिया और प्लेमाउथ जाने के लिए क्रॉस-चैनल फैरी ले ली। कुछ ही घंटों की समुद्रीयात्रा के बाद, मैं लंदन में था।

स्टूडेंट होस्टल ही रहने के लिहाज़ से सस्ती जगह थी, इसलिए कुछ रातें वहीं बिताईं। मैं सीधा रोज़गार कार्यालय गया और वहाँ जो पहला काम मुझे मिला, उसके लिए हामी भर दी। इससे कोई अंतर नहीं पड़ता कि मैंने क्या काम किया, बस वह इतना पैसा दे रहा था कि मेरा रहने-खाने का खर्च निकल सके। इस तरह मुझे छुट्टी वाले दिन और शाम को लिखने के लिए समय मिल जाता।

मैं भले ही अकेला और तन्हा था पर मैं डरा हुआ नहीं था। दरअसल, लंदन ने मेरे छक्के छुड़ा दिए थे। थियेटरों और किताबों की दुकानों ने मुझे अपने जादू से वश में कर लिया था। और प्रकाशक का कहना था कि अगर मैं अपनी किताब को फिर से लिख सकूँ तो वे उसे छापना चाहेंगे।

बाईस साल की उम्र में, मैं एक किताब को दर्जनों बार दोबारा लिखने को तैयार था इसलिए मैंने हैम्पस्टेड में कमरा लिया और जो काम पहले मिला, उसे ही करने लगा। अपने-आप को बतौर लेखक स्थापित करने के लिए ज़रूरी था कि मैं आजीविका चलाने के लिए कोई काम करता रहूँ। उस समय नहीं पता था कि ऐसा कब तक करना होगा पर मेरा जीवन कई मायनों में शुरू हो रहा था और मैं यही सोचकर बेहद खुश था।

कुछ समय तक मैं मिस्टर बेस्ट को कोई पैसा नहीं भेज सका। मेरा वेतन नाममात्र का था, लंदन महँगा शहर था और मैं जीवन का आनंद लेना चाहता था। मैं चाहता था कि उन्हें खत लिखकर, अपने हालात के बारे में बता दूँ पर यही सोच कर टालता रहा कि जब पैसे होंगे, तभी खत लिखूँगा।

कई महीने बीत गए। मैंने किताब को तीसरी बार लिखा और उसे स्वीकार कर लिया गया। मुझे थोड़ा पैसा भी मिला। मैंने लॉयड्स बैंक में खाता खोला

और आखिरकर मिस्टर बेस्ट के नाम चैक काटने का दिन आया। मैंने उन्हें खत के साथ चैक डाक से भिजवा दिया।

पर वह कभी भुनाया नहीं गया। वह मेरे खत के साथ ही लौट आया और साथ ही मेरे पुराने बॉस का खत था जिसमें उन्होंने लिखा था कि मिस्टर बेस्ट काम छोड़कर चले गए हैं और उनके पास उनका कोई पता नहीं है। मुझे ऐसा लगा कि जैसे उन्होंने अच्छी सेहत पाने की आस छोड़ दी होगी और अपने देश वापिस चले गए होंगे।

और इस तरह मेरा उधार कभी चुकता नहीं हो सका।

टाइपराइटर आज भी मेरे पास है। मैंने उसे तीस साल तक इस्तेमाल किया, अब यह पुराना और जर्जर हो गया है पर मैं इसे खुद से दूर नहीं करूँगा। यह मेरे लिए एक अपराधबोध की तरह है, यह मुझे हमेशा याद दिलाता रहेगा कि मुझे अपने उधार समय पर चुकता कर देने चाहिए।

शराब और गुलाब के दिन

जब मैं पीछे मुड़कर लंदन में बिताए दो बरसों पर नज़र डालता हूँ, तो मुझे इस बात का एहसास होता है कि वह मेरी ज़िन्दगी का ऐसा दौर रहा जिसमें मुझे ज़रा भी चैन नसीब नहीं हुआ। उस दौरान मैंने कितने मकान बदले और कितने अलग-अलग रिहायशी इलाकों में रहा। मैं बेलसाइज़ पार्क, हैवरस्टॉक हिल, स्विस कॉटेज, टूटिंग और कुछ और जगहों पर रहा जिनके नाम भी अब मैं भूल चुका हूँ। मुझे नहीं पता कि ऐसा क्यों होता था, लेकिन मैं ज़्यादा दिन एक बोर्डिंग हाउस में नहीं रह पाता था। और ग्राहम ग्रीन जिस तरह के किरदार निभाया करते थे, उनकी तरह मैं किसी बुरे इरादे से पीछा करने वालों से बचकर भागा नहीं फिर रहा था। अगर आप निर्मला को बुरी नज़र रखने वालों में गिनें तो और बात है।

वह नेकदिल लड़की मेरे एक भारतीय दोस्त की बहन थी, जिसने अपने दिमाग में बैठा लिया था कि मुझे एक बहन की ज़रूरत है और इसी सोच के साथ वह मुझसे ऐसा लाड़ करती थी। जहाँ देखो मेरे पीछे चली आती थी जिस कारण मुझे ग्लेनमोर रोड वाली जगह छोड़कर एक महीने के लिए दक्षिणी लंदन के टूटिंग इलाके में रहना पड़ा। मैं लंदन के उत्तरी इलाके में रहना चाहता था, क्योंकि वहाँ भारतीयों, अफ्रीकियों और यूरोप के देशों से आए छात्रों की मिलीजुली आबादी बढ़ रही थी। मैंने शुरुआत में कुछ दिनों तक छात्रों के लिए बने एक होस्टल में रहने की कोशिश की लेकिन वहाँ खाना बेहद बेकार होता था और चैन से रहने के लिए एकान्त भी नहीं मिलता था। इसलिए मैं एक ऐसी जगह रहने लगा जहाँ सिर्फ़ एक कमरा भर था और खाने के लिए मैं आस-पास के स्नैक बार और कैफ़े चला जाता था। स्विस कॉटेज के पास मुझे एक अच्छी-सी जगह मिल गई

थी जहाँ मैं रात को एक-दो गिलास शेरी के बाद थोड़ा-बहुत खाकर पैदल अपने कमरे पर लौट, अपने उपन्यास के कुछ पन्ने लिख डालता था।

मेरा खाना-पीना ठीक नहीं चल रहा था और ज़रूर मुझे किसी चीज़ की कमी हो गई होगी, क्योंकि मेरी दाहिनी आँख धुँधलाने-सी लगी थी और मुझे देखने में थोड़ी दिक्कत होने लगी। कुछ दिनों के लिए मुझे अस्पताल में भी रहना पड़ा। पता चला कि मुझे धीरे-धीरे हावी होने वाली अयेल्ज़ डिज़ीज़ घेर रही थी जिसका इलाज लम्बा चलता है और जो विरलों को ही होती है। इसी बात पर मैं मन-ही-मन इतराता फिर रहा था कि मैं भी खुद को उन 'महान' लोगों में गिन सकता हूँ जो इस बीमारी के किसी-न-किसी रूप में शिकार रहे थे—कीट्स, ब्रॉन्टे, स्टीवेंसन, कैथरीन मैन्सफ़ील्ड, अर्नेस्ट डावसन—और मैंने सोचा कि अगर मैं इनकी तरह लिख सकूँ तो मैं आँख की बीमारी के साथ भी खुशी से जी लूँगा!

लेकिन बीमारी ठीक हो गई (कुछ वक़्त के लिए ही सही), और मैं वापस काम पर जाने लगा, शारलेट स्ट्रीट पर फ़ोटैक्स में भारी-भरकम बहीखातों में आँकड़े जोड़ने लगा। जोड़ने वाली मशीनें (कैलकुलेटर) तब आनी ही शुरू हुई थीं, लेकिन मेरे मालिक अपने पुराने बहीखातों से ही खुश थे—और मैं भी। कई-कई घंटे, हफ़्तों और महीनों यही करते-करते मैं पाउंड, शिलिंग और पेनी जोड़ने के काम में खूब निपुण हो गया था। काफ़ी खुश भी था—जोड़-घटाने से ज़्यादा आगे की गणित की ओर कदम बढ़ाने की ज़रूरत न रहने तक सब ठीक था! गणित पर मेरी पकड़ कभी अच्छी नहीं रही, जबकि मैं हमेशा खुद को याद दिलाता रहता था कि लुईस कैरल, जो हमेशा मेरे पसन्दीदा लेखकों में रहे, गणित की किताबें भी लिखा करते थे।

दुनियादारी की खातिर बाबूगिरी की नौकरी कभी मेरी लेखक वाली ज़िन्दगी में आड़े नहीं आई, हालाँकि अक्सर अकेले ही लंदन, खासकर ईस्ट एंड इलाके में घूम-घूम कर डॉक्टर जॉनसन, डिकेंस और उनके किरदारों डब्ल्यू. डब्ल्यू. जेकब्ज़, जेरोम के जेरोम, जॉर्ज और वीडन ग्रॉसस्मिथ से जुड़ी बैरी के केनसिंगटन गार्डन, डिकेंस के बन्दरगाह, गिसिंग की बेरहम गलियाँ, फ़्लीट स्ट्रीट, पुराने म्यूज़िक हॉल, सोहो और उसके यूनानी और इतालवी रेस्तराँ देखता फिरता था।

इन बाद वाली जगहों पर मैं 1890 के दौर के कवियों, खासकर अर्नेस्ट डावसन के बारे में सोचा करता था जो रेस्तराँ में खाना परोसने वाली उस चुलबुली लड़की के लिए प्रेम रस में रची कविताएँ लिखा करते थे जिसे शायद उनके होने की भी खबर नहीं थी। कुछ वक़्त के लिए तो मैं अपने डावसन के दौर में ही खो गया—उदासी और ख़्वाबों की दुनिया में, नाकामी के एहसास में डूबा, लुटा हुआ सा। उनकी कुछ कविताएँ मुझे रट गई थीं, जैसे यह प्यारे बोल—

दे आर नॉट लॉन्ग, द डेज़ ऑफ़ वाइन्ज़ एण्ड रोज़ेज़ :
आउट ऑफ़ अ मिस्टी ड्रीम
अवर पाथ इमर्जेज़ .फ़ॉर अ व्हाइल, देन क्लोज़ेज़
विदिन अ ड्रीम।

(बीत जाते हैं जल्द दिन गुलाब के, दिन शराब के :
मिलती है बस झलक भर राह की
छाए रहते हैं धुंधलके ख़्वाब के
इतनी ही पहुँच है चाह की।)

बेचारे डावसन, भरी जवानी में चल बसे और वह भी आधे-अधूरे। मामूली कवियों में गिना गया उन्हें और कविता के पारखियों ने उन्हें बेमायने कहकर नकार दिया, लेकिन वह अपने दर्द भरे लाजवाब तरानों के साथ आज भी हमारे बीच मौजूद हैं।

~

मेरे द.फ़्तर से बस ज़रा-सा आगे ही स्काला थियेटर था और जैसे ही मेरे पास इतनी रकम जमा हो गई कि वहाँ का टिकट खरीद सकूँ (वैसे उन दिनों थियेटर जाना इतना महँगा नहीं था), मैं क्रिसमस पर होने वाला 'पीटर पैन' का सालाना मंचन देखने पहुँच गया, जिसे मैंने तब पढ़ा था जब मैं अपने स्कूल की लायब्रेरी में बैरी की किताबें पढ़ रहा था। इस नाटक में मागरिट लॉकवुड

पीटर का किरदार निभा रही थीं। चालीस के दशक में वह ब्रिटेन की सबसे लोकप्रिय फ़िल्म स्टार थीं और इस नाटक में भी सलोनी और चुलबुली नज़र आ रही थीं। जहाँ तक मुझे याद है, कैप्टन हुक की भूमिका में डोनाल्ड वुल्फ़िट थे जिन्हें स्वेंगाली की भूमिका निभाने के लिए जाना जाता था।

फ़ोटैक्स में मेरे साथ काम करने वाले, भले ही कविता-कहानी में ज़रा भी दिलचस्पी नहीं रखते थे, लेकिन मेरे साथ उनकी अच्छी पटती थी। मेरा साथी क्लर्क था, केन जो अपने सैंडविच मुझे भी खिलाया करता था। एक थी मेसी जिसके बाल सुनहरे थे और जिसके चाहने वाले लड़के उसे लगातार फ़ोन किया करते थे। और क्लैरेंस था, जो कुछ-कुछ औरतों जैसा था और लोगों को पता था कि वह सोहो की उन जगहों पर जाता था जहाँ 'गे' यानी समलैंगिक जाते थे। (यह बात और है कि तब तक यह शब्द भी ईजाद नहीं हुआ था।) और हमारे हेड क्लर्क यानी बड़े बाबू थे, मिस्टर स्मेडली, जो जंग के दिनों में नौसेना में हुआ करते थे और नृत्य-नाटिकाओं में गहरी दिलचस्पी रखते थे। हम अक्सर नई-नई नृत्य-नाटिकाओं की चर्चा किया करते थे—गाय्स एंड डॉल्स, साउथ पैसिफ़िक, पेंट योर वैगन, पाल जोई—ऐसी भव्य नृत्य-नाटिकाएँ जिनका मंचन महीनों और यहाँ तक कि सालों तक जारी रहता था।

मेरी मेज़ के सामने वाली खिड़की से एक बहुत बड़ी-सी होर्डिंग दिखाई देती थी और कुछ नया होता था तो उस पर एक नया पोस्टर चस्पा हो जाता था। जिस फ़िल्म से पर्दे पर जूडी की वापसी हुई, उस फ़िल्म—'अ स्टार इज़ बॉर्न' के रिलीज़ होने से कई हफ़्ते पहले जूडी गारलैंड का पोस्टर लग गया था और मुझे अब भी याद है कि उस पर बड़ा-बड़ा लिखा था—जूडी, दुनिया तुम्हारी सुनहरी चकाचौंध के लिए बेताब है! और फिर मर्लिन मुनरो तो थीं ही नियाग्रा में, जिसके पोस्टर में वह झरने से भी बड़ी दिख रही थीं और उनके बेहतरीन साथी कलाकार जोज़ाफ़ कॉटेन कहीं नज़र भी नहीं आ रहे थे।

मेरा दिल, जो भी हो, फ़ोटैक्स के दफ़्तर में नहीं लगता था। मुझे हेड क्लर्क बनने की कोई लालसा नहीं थी और न ही मैं काम-धंधे के गुर सीखना चाहता था। मेरे लिये तो वह सिर्फ़ नौ से पाँच की नौकरी थी जिससे मुझे गुज़ारे भर का मिल जाता था—हफ़्ते में छह पाउंड। और उस दौरान सोने से पहले मैं अपने उपन्यास को दूसरी, या शायद तीसरी बार लिखने में जुटा रहता था।

मैं ही जानता हूँ मैंने उस किताब पर कैसे काम किया! कभी मुझसे कहा जाता कि इसमें ये डालो, तो कभी कुछ हटाने को कहा जाता। शुरुआत में प्रकाशक ने सुझाव दिया कि इसकी भराई की ज़रूरत है। जब मैंने भराई कर दी, तो कहा गया कि इसमें बातों को कुछ ज्यादा ही खींच दिया गया है और मैं इसकी कुछ छंटाई कर दूँ तो ठीक रहेगा! और जिसकी शुरुआत एक रोज़नामचे से हुई थी, वह पहले लिखने वाले की ज़बान में बयान दास्तान बनी और फिर उसके किरदार अपनी-अपनी कहने लगे। लेकिन सम्पादकों ने सिर्फ़ सुझाव दिए, मेरी भाषा या शैली के साथ कोई छेड़छाड़ नहीं की। और कहानी में वह 'एहसास' बना रहा—मेरे मन में हिन्दुस्तान के लिए, खासतौर से अपने दोस्तों के लिए जो लगाव था—वह पूरी कहानी में मौजूद रहा खरे सोने की लीक की तरह।

प्रकाशकों के अजीबोगरीब और उलटे-सीधे सुझाव की वजह थी कि वे अपने पाठकों के सुझाव पर कुछ ज्यादा ही चलते थे। और ये 'पाठक' दरअसल खुद जाने-माने लेखक या समीक्षक होते थे जिन्हें छापने से पहले किताब पढ़ने को दी जाती थी, उनकी राय जानने के लिए और इसके लिए उन्हें भुगतान भी किया जाता था। हाथ की लिखी मेरी किताब एक जाने-माने साहित्य समीक्षक विलियम ऐटकिंस के पास भेजी गई, जिन्होंने कहा कि मैं पैदाइशी लेखक हूँ और मुझे आयरलैंड में जन्मे अंग्रेज़ी लेखक स्टर्न जैसा बताया, लेकिन यह भी कहा कि मुझे और ठहर कर उपन्यास लिखना चाहिए। मेरा उपन्यास पढ़ने वाले एक और 'पाठक' लेसली लैंब ने कहा कि उन्हें कहानी में तो मज़ा आया, लेकिन उसे छापना एक किस्म का जुआ होगा।

किस्मत से, ऐंटनी ढल इस तरह के प्रकाशक थे जो एक नौजवान लेखक को छापने का जोखिम उठाने को तैयार थे, इसलिए किताब के लिए मना कर देने के बजाय उन्होंने पेशगी की रकम दे दी, जिससे यह हुआ कि वह छापने का मन बनाने से पहले एकाध साल तसल्ली से सोच सकते थे!

इस दौरान मैं ढल की सम्पादक और उनके कारोबार में भागीदार डोना स्टीफ़ेन के बताए रास्ते पर चल रहा था। वह कम-से-कम मुझसे दस साल बड़ी थीं, लेकिन हम बहुत अच्छे दोस्त बन गए। वह मुझे खाने के लिए अपने फ़्लैट पर बुलाती थीं और कभी-कभी मेरे साथ सिनेमा या थियेटर देखने भी

चली जाती थीं। वह लम्बे कद की, सुनहरे बालों वाली अलग-सी दिखाई देती थीं। डोना मुझे पसन्द करती थीं। वह अच्छी सम्पादक होने के साथ खाना भी अच्छा पकाती थीं और मेरे खाने-पीने में गड़बड़ी के मद्देनज़र वह लज़ीज़ और सेहत के लिए बढ़िया खाने पर मुझे अपने यहाँ बुलाने लगीं। फ्रांस, इटली या चीन वाले चाहे जो कहते रहें, इंग्लैंड के बढ़िया खाने से अच्छा कुछ भी नहीं होता। बकरे की रान, ढंग से तली हुई मछली, मीट वाली सलाद, आलू और मीट से बनी शेपड्स पाई या आयरिश स्ट्यू यूरोप के देशों और सुदूर पूर्व के देशों में जो भी कुछ परोसा जाता है, उससे कहीं बेहतर होते हैं। मुझे लगता है कि यह बचपन की पसन्द-नापसन्द का मामला है। क्योंकि मेरे दिल में आज भी कहीं-न-कहीं तरी वाले कोफ़्ते खाने की इच्छा रहती है, क्योंकि नानी के घर पर हम उसका खूब मज़ा लिया करते थे। और हाँ, मिस केलनर के मरैंग की क्या बात थी! मरैंग, एक किस्म का मीठा व्यंजन, जो अब लगता नहीं कि कोई बनाता भी है।

लंदन में अपने पहले साल के दौरान मैंने खुद के साथ सचमुच लापरवाही बरती। खाना बनाने का कोई शौक तो था नहीं, मुझे हर सुबह टोटेनहैम कोर्ट रोड तक के करीब पच्चीस मिनट के ट्यूब यानी मेट्रो के सफ़र पर निकलने से पहले अपने लिए अंडा बनाने के लिए भी खुद को बड़ी मुश्किल से तैयार करना पड़ता था। दोपहर को खाने की छुट्टी में मैं टहलता हुआ सड़क के उस पार नाश्ते की दुकान पर जाता और वही घिसा-पिटा राजमा-पाव खा लेता था। अगर हैसियत भी होती, तो भी दोपहर को कायदे का खाना खाने के लिए वक़्त नहीं होता था। शाम को मैं किसी छोटे से कैफ़े में थोड़ा तसल्ली से खा पाता था, लेकिन ज्यादातर नाश्ते से ही मेरा गुज़ारा होता था। ऐसे में, कमज़ोर कर देने वाली बीमारी न होती तो क्या होता!

शायद लंदन में रहते हुए पहली बार राहत भरा दौर वह था जब मुझे हैम्पस्टेड जनरल हॉस्पिटल में पूरा महीना गुज़ारना पड़ा, जो एक खुशनुमा-सी जगह निकली।

मुझे वहाँ भेजा गया था अयेल्ज़ डिज़ीज़ के इलाज के लिए जिसके लिए अक्सर मेरी दाहिनी आँख में कॉर्टिसोन के इंजेक्शन लगाए जाते थे। लेकिन मुझे पूरा खाना खाने की छूट थी, बल्कि वह कहते थे कि मैं ढंग से खाऊँ

बल्कि दोपहर के खाने के साथ मुझे गिनिस बीयर की एक बोतल भी दी जाती थी। कितने समझदार डॉक्टर थे, उन्हें लगता था कि मुझे थोड़ी ज्यादा ताकत देने वाली चीज़ें लेनी चाहिए!

गिनिस की बोतल की वजह से मैं पूरे वॉर्ड की आँखों में खटकने लगा था, लेकिन लोगों का चहेता बनने के लिए मैं नर्स की नज़रों से बचकर थोड़ी गिनिस अपने पड़ोसियों को देने लगा। एक नर्स क्या गज़ब की खूबसूरत थी और वार्ड के आधे लोग उसे दिल दे बैठे थे।

वह जनरल वॉर्ड था और एक मरीज़—त्रिनिदाद का वेस्ट इंडियन जिसका नाम जॉर्ज था—उसे लगने लगा कि डॉक्टर उसी को तरह-तरह की जाँच-पड़ताल के लिए इस्तेमाल कर रहे हैं। जब उसे रीढ़ की हड्डी में सूई लगाई जाती तब वह खूब हाय-तौबा मचाता था। मैं उसके बिस्तर पर बैठकर उसे शान्त करने की कोशिश करता और वह तो मेरे हौसला बढ़ाने का ऐसा मोहताज हो गया कि जब कभी उसकी जाँच-पड़ताल होती या इलाज के लिए कुछ किया जाता, तो वह चाहता था कि मैं उसके पास मौजूद रहूँ।

अस्पताल में रहते हुए मैंने बहुत कुछ पढ़ा—एक आँख से, एक छोटी -सी कहानी लिखी और मिलने के लिए आने वालों से बड़े ढंग से मिलता था। मिलने वालों में फ़ोटैक्स में मेरे साथ काम करने वालों से लेकर मेरी किताब की होने वाली प्रकाशक डोना स्टीफ़ेन, हैम्पस्टेड में रहने वाले मेरे कुछ भारतीय दोस्तों से लेकर मेरी नई माँ जैसी छवि वाली मकान-मालकिन भी शामिल थी, जिसके कुछ बच्चे यहूदियों के खिलाफ़ हिटलर की मुहिम का शिकार हुए थे।

जब मैंने अस्पताल छोड़ा, तब मैं थोड़ा-सा अमीर हो गया था, तनख़्वाह के कुछ पाउंड बच गए थे और इलाज नैशनल हेल्थ स्कीम के तहत मुफ़्त में हुआ था। देखने में जो धब्बे से दिखाई देते थे, वह आँखों से साफ़ हो चुके थे और मेरा वजन भी कुछ बढ़ गया था—दोपहर के खाने में मिलने वाले मटन चॉप और गिनिस की बदौलत।

जाने से पहले उस वेस्टइंडीज़ वाले जॉर्ज ने मुझसे मेरा पता पूछ, लेकिन न जाने क्यों मुझे ऐसा लगा कि अब मुझे यह कभी नहीं दिखाई देगा।

लंदन में क्रिसमस

लंदन में मेरा पहला क्रिसमस मैंने अकेले ही बिताया था। स्विस कॉटेज के पास मेरा छोटा-सा बिस्तर वाला कमरा बस कामचलाऊ था और मेरी मकान मालकिन को किसी तरह की मस्ती और शोरगुल पसन्द नहीं था और मेरे पास थियेटर या किसी अच्छे रेस्तराँ में जाने लायक पैसे नहीं थे। ब्रिटेन में मेरा पहला क्रिसमस हल्की-सी जलती एक अँगीठी के सामने बैठकर टोस्ट और बीन्स खाते हुए और सस्ती शेरी पीते हुए बीता। मेरे लिए सांत्वना की बात यह थी कि बहुत सारे क्रिसमस कार्ड आये थे—ज़्यादातर भारत के मेरे दोस्तों द्वारा भेजे हुए थे।

अगले साल तक मैं और अधिक पैसे कमाने लगा। एक बड़े, रौशनी वाले कमरे में रहने लगा। मेरी नयी मकान मालकिन ने इस बात की अनुमति दे दी थी कि मैं अपने दोस्तों को बुला सकूँ—यहाँ तक कि लड़कियों को भी—और उन्होंने मेरे लिए प्लम की पुडिंग भी बना दी ताकि मैं अपने मेहमानों का स्वागत कर सकूँ। लन्दन में मेरे दोस्तों में कई भारतीय और कॉमनवेल्थ के विद्यार्थी थे, और तब तक मैं जॉर्ज से मिल चुका था, जो त्रिनिदाद का रहने वाला था और दोस्ताना स्वभाव का और संवेदनशील इंसान था।

जॉर्ज विद्यार्थी नहीं था। वह तीस साल से कुछ अधिक उम्र का था। वेस्टइंडीज़ से आने वाले हज़ारों लोगों की तरह वह इंग्लैण्ड इसलिए आया था क्योंकि उसको यह बताया गया था कि यहाँ बहुत तादाद में नौकरियाँ थीं, इसके अलावा मुफ़्त का स्वास्थ्य बीमा था और राष्ट्रीय बीमा था। इसके अलावा वह यहाँ सप्ताह में दस से बीस पौंड कमा सकता था—जो कि त्रिनिदाद और

जमैका में की जाने वाली कमाई से बहुत अधिक था। यह बात तो सही थी कि लंदन में नौकरियाँ थीं, लेकिन यह भी सच था कि कुछ स्थानीय कामगारों ने इस बात का विरोध किया था कि बाहरी लोगों से उनकी जगह न भरी जाये। वैसे लोग भी थे, जो ज्यादातर निम्न मध्यवर्ग से आते थे, जिनके मन में बहुत सारे पूर्वाग्रह थे, यद्यपि ये लोग अल्पसंख्यक थे लेकिन तो भी वे अपनी आवाज़ को सुनवाने का माद्दा रखते थे।

लंदन में आये नये लोग अपने आप को यहाँ अकेला महसूस करते हैं। और वेस्टइंडीज़ के खुशमिज़ाज आदमी के लिए, जिसे धूप, रंगीनी और संगीत की आदत हो, लंदन अजीब-सा लगता है।

मानो जाड़ों की शाम में गिरने वाली मटमैली धुँध से मेल रखने के लिए लंदनवासी मटमैले और भूरे रंगों के कपड़े पहनते हैं। वेस्टइंडीज़ के लोग इस बात को नहीं समझ सकते थे। वे समझ गये थे कि धुँधले मौसम में लाल और हरे रंग के कपड़े पहने जाने चाहिए—वे रंग जो धुँध और बारिश को सह सकें? लेकिन लंदन में रहनेवालों को ऐसे मर्दाना रंगों से चिढ़ थी, उनके लिए ये सब किसी-न-किसी तरह की बर्बरता के प्रतीक थे। और फिर लन्दनवासियों को किसी भी तरह की आवाज़ से भय लगता था और तेज़ आवाज़ में बजने वाले रेडियो की आवाज़ को सुनकर तो आस-पड़ोस के लोग विरोध भी जता सकते थे। जबकि दूसरी तरफ़, वेस्टइंडीज़ के लोग ज़ोर-ज़ोर से बातें करते थे—वे अपने कमरों में जमकर पार्टियाँ किया करते थे जिनमें गाना और चीखना-चिल्लाना होता था। उनका पहले से ही यह मानना था कि इंग्लैण्ड उनकी मातृभूमि थी इसलिए बारिश, धुँध, बर्फ़ के बावजूद उन्होंने यह तय कर लिया था कि वे उसी तरह से यहाँ रहते रहेंगे जिस तरह से वे अपने घर त्रिनिदाद में रहते थे। उनको इस बात का श्रेय जाता है, यहाँ तक कि लंदन के स्थानीय निवासियों को भी कि वे ऐसा कर पाने में सफल रहे।

जॉर्ज ब्रिटिश रेलवे के लिए काम करता था। वह एक अंडरग्राउंड स्टेशन पर टिकट कलेक्टर था। उसे अपना काम पसन्द था और इस काम के लिए सप्ताह के दस पाउंड मिलते थे। वह एक लम्बा, तगड़ा आदमी था, जिसके हाथ-पैर बहुत लम्बे थे और उसके जीवंत चेहरे पर हमेशा मीठी मुस्कान रहती

थी। अन्य चीज़ों के अलावा वह पियानो भी बजा सकता था और मेरे कमरे में एक पुराना और घिसा-पिटा पियानो रखा हुआ था। वह अक्सर शाम को आता था और अपनी मोटी-भारी उँगलियों से पियानो पर हैम्स से लेकर जैज बजाया करता था। मुझे लगता था कि क्रिसमस मनाने के लिए वह एक अच्छा इंसान था, इसलिए मैंने उसे आने और मकान मालकिन द्वारा बनायी गयी पुडिंग खाने के लिए कहा और मेरे पास शेरी की एक बोतल भी थी।

मुझे यह बात समझ में नहीं आयी थी कि जॉर्ज को बुलाने का मतलब यह समझ लिया जायेगा कि जॉर्ज के दोस्त और रिश्तेदार—यहाँ तक कि उसके सभी जानने वाले—त्रिनिदाद का जो भी व्यक्ति वहाँ रहता था—सबको बुलाया गया है—लेकिन उसने ऐसा ही समझ लिया। और क्रिसमस की ईव पर जब ठंडी हवा हैम्पस्टेड हीथ के सूखे पत्तों को उड़ा रही थी, मैंने देखा कि बड़ी संख्या में वेस्टइंडीज़ के लोग बेल्सैज एवेन्यू की तरफ़ आ रहे थे, जॉर्ज उनका नेतृत्व कर रहा था।

हैरान होकर मैंने अपना दरवाज़ा उनके लिए खोल दिया, और जॉर्ज, जॉर्ज के कज़िन, उसके भतीजे और उसके दोस्त अंदर आ गये। वे सभी मुस्कुरा रहे थे और उन सबने मेरे साथ हाथ मिलाया, मेरे कमरे को लेकर कुछ टीका-टिप्पणियों (देखो, वहाँ पियानो भी है, क्या दमदार तस्वीर है, इस हिलने वाली कुर्सी पर बैठकर मुझे बुखार आ जाता है) के बाद वे जल्दी ही सहज हो गये। सब अपने साथ पार्टी के लिए कुछ-न-कुछ लेकर आये थे। जॉर्ज बियर की कई बोतलें लेकर आया था, एरिक, जो कि मोटा और कॉफ़ी की रंगत वाला था सिगरेट और बियर लेकर आया था। करीब 35 साल की थुलथुल महिला, मरियन, जिसने मुझे मिलते ही डार्लिंग कहा था, और मेरे गालों को चूमते हुए यह कहा था कि उसको गुलाबी गाल पसन्द हैं, अपने साथ बेकन और अंडे लेकर आयी थी। उसकी बेटी लूसी जो 16 साल की थी और पूरी जवान हो गयी थी, ग्रामोफ़ोन लेकर आयी थी, जबकि छोटे भतीजे रिकाड्र्स लेकर आये थे। उसके अन्य दोस्त और जानने वाले भी बियर लेकर आये थे, जबकि जमैका का रहने वाला एक उत्साही युवक जमैका की रम लेकर आया था।

सब कुछ तत्काल हो गया।

लूसी ने ग्रामोफ़ोन पर एक रिकॉर्ड रखा और कमरे में बेसिन स्ट्रीट ब्लूज़ की आवाज़ गूँजने लगी। जॉर्ज पियानो पर बैठकर रिकॉर्ड से ताल मिलाने की कोशिश करने लगा। उसके बड़े हाथ पियानो की कीज़ पर ऐसे पड़ रहे थे जैसे वह माँस का टुकड़ा काट रहा हो। मरियन गैस जला कर बेकन और अंडे तलने लग गयी थी। एरिक बियर की बोतलों को खोलने में लगा हुआ था। इसी शोर-शराबे के बीच मैंने दरवाज़े पर दस्तक की आवाज़ सुनी—बहुत हल्की-सी, जैसे कोई झिझकते हुए दरवाज़ा खटखटा रहा है—खोलने पर मैंने देखा कि मेरी मकान मालकिन खड़ी थीं।

''ओह, मिस्टर बॉन्ड, पड़ोसी—'' उसने कहना शुरू किया और कमरे में झाँकने के बाद वह अवाक् रह गयी।

''बस आज रात की बात है,'' मैंने कहा। ''वे सभी एक घंटे में घर चले जायेंगे। याद रखिये, आज क्रिसमस है!''

उन्होंने चुपचाप सिर हिलाया और तेज़ी से गलियारे से निकल गयीं। मैंने दरवाज़ा बन्द कर दिया और आवाज़ को कम करने के लिए सभी परदे गिरा दिए। लेकिन सभी लोग फ़र्श पर कूद रहे थे, और मैंने मन-ही-मन सोचा कि नीचे के लोग थियेटर गये हों। जॉर्ज कैलिप्सो संगीत बजाने लगा, और एरिक और लूसी कमरे के बीचोबीच पैर घसीट कर चलने लगे, जबकि दोनों भतीजे अपने आप में ही मगन थे। जब तक मुझे समझ में आया कि हो क्या रहा था। मरियन ने मुझे अपनी मज़बूत बाँहों में ले लिया था और वह मुझे कैलिप्सो करना सिखाने लगीं। मेरे ख़याल से 'बनाना बोट सॉन्ग' बज रहा था।

पार्टी बजाय एक घंटा चलने के 3 घंटे तक चली। हमने बहुत सारे तले हुए अंडे खाए और बियर पी। मैं मरियन, लूसी और भतीजों के साथ नाचता रहा। जोश में आने के बाद वे बड़े खास तरह का भाव चेहरे पर लाते थे। 'फ़ायर,' वे चिल्लाये, मुझे कभी नहीं पता था कि फ़ायर कहने का क्या मतलब था, या यह कि इस बात का क्या मतलब था। मैं भी चिल्ला उठा, फ़ायर। शायद यह सबसे संवेदना भरी बात थी कहने की।

शायद उनके दिल जल रहे थे, मुझे पता नहीं, लेकिन अपने तमाम जोश

और मोटापे के बावजूद वे प्यारे और अच्छे दोस्त थे और आज जब मैं लंदन में बिताए गये अपने दो सालों को देखता हूँ, उनमें उस क्रिसमस पार्टी की सबसे शानदार स्मृति है, सबसे जीवंत स्मृति, और मरियन और जॉर्ज, लूसी और एरिक के चेहरे वे चेहरे हैं जो मुझे सबसे अच्छी तरह याद हैं।

आधी रात को मैं लूसी के साथ नाच रहा था जब किसी ने बत्ती गुल कर दी और उसने अपनी बाँहों में मुझे जकड़ कर मेरे होंठों पर भरपूर चुम्बन लिया। पहली बार था जब किसी लड़की ने मेरा चुम्बन लिया था, और अब जब मैं उसके बारे में सोचता हूँ तो मुझे इस बात की खुशी होती है कि मुझे लूसी ने चूमा था।

जब वे गये तो उसी तरह से झुण्ड में गये जिस तरह आये थे। मैं अपने दरवाज़े पर खड़ा उनको अँधेरी, खाली सड़क पर जाते हुए देखता रहा। आधी रात में बस और ट्रेनों का चलना बन्द हो गया था और जॉर्ज और उसके दोस्तों को हाई गेट और गोल्डर ग्रीन पर स्थित अपने कमरों तक पैदल चलकर जाना पड़ा होगा।

उनके जाने के बाद सड़क अचानक खाली और खामोश लगने लगी, और मुझे अपने पैरों की आवाज़ के सिवाय कुछ भी नहीं सुनाई दे रहा था। मुझे ठंड जकड़ रही थी और मैंने अपने कॉलर को उठा लिया। मैंने अपने और आस-पास के सभी घरों की खिड़कियों को देखा। सब ओर अँधेरा था। मुझे ऐसा लगा कि बस हम लोगों ने ही उस दिन क्रिसमस मनाया था।

डैफ़ोडिल का क़िस्सा

वह मार्च का कुहरे वाला दिन था जब मैं बेकर स्ट्रीट पर भटक रहा था, अपनी बरसाती की जेबों में हाथ डाले, एक सूती स्कार्फ़ को अपने गले में बाँधे और अपने पैरों में दो जोड़ी मोज़े डाले। बी.बी.सी. ने मुझे उत्तर भारत के ग्रामीण जीवन पर एक वक्तव्य देने के लिए अधिकृत किया था और बेकर स्ट्रीट पर कुहरे में भटकते, वक्तव्य के बारे में सोचते, मुझे यह महसूस हुआ कि मैं भारत या किसी भी जगह के ग्राम्य जीवन के बारे में नहीं जानता।

सच है कि मैं गोबर के उपले के धुएँ की गंध और चमेली की खुशबू और मिट्टी के घर की दीवारों पर चढ़ता बाढ़ का पानी याद कर सकता था, लेकिन मैं गाँव की चुनाव प्रक्रिया या फ़सल चक्र या गन्नों की कीमतों के बारे में अधिक नहीं जानता था। मैं पीछे मुड़कर और इंडिया हाउस जाकर सारे तथ्य और आँकड़े प्राप्त करने के बारे में सोच ही रहा था जब मैंने यह महसूस किया कि मैं बेकर स्ट्रीट से कहीं आगे निकल गया था।

अपने ख़यालों में खोया मैं रीजेंट पार्क में भटक रहा था और मुझे बाहर जाने का रास्ता नहीं मिल रहा था?

एक लम्बा भद्र पुरुष, लम्बा स्याह लबादा पहने फूलों की क्यारी पर झुका हुआ था। उसके पास जाकर मैंने पूछा, ''कृपया ज़रा ध्यान देंगे, सर—क्या आप मुझे बता सकते हैं कि यहाँ से कैसे निकलूँ?''

''तुम अन्दर कैसे आये थे?'' उसने अधीर आवाज़ में पूछा, और जब वह घूमा और मेरी तरफ़ चेहरा घुमाया, मुझे एक झटका लगा। उसने शिकारी की एक नुकीली टोपी पहन रखी थी और दूसरे हाथ में एक आवर्धक शीशा

(मैग्नीफ़ाइंग ग्लास) था। एक लम्बा, घुमावदार पाइप उसके मादक होंठों पर अटका था। उसके जबड़े स्टील जैसे थे और उसकी आँखों में आक्रामक भाव था—वे किसी दवा के नशीले प्रभाव से चमक रही थीं।

''ओह ईश्वर!'' मैंने आश्चर्य से कहा, ''आप शरलॉक होम्स हैं!''

''और आप सर,'' उन्होंने उत्तर दिया, अपने लबादे की सरसराहट के साथ, ''आप अभी भारत से आये हैं, बेरोज़गार, और रेडियो में एक भाषण देने वाले हैं।''

''आप यह सब कैसे जानते हैं?'' मैं हकलाया, ''आपने पहले मुझे कभी नहीं देखा। मुझे लगता है कि आपको मेरा नाम भी पता है?''

''स्पष्ट है, मेरे प्रिय बॉन्ड। बी.बी.सी. का जो समाचार पत्र तुम्हारे हाथ में है, जिस पर तुमने लिखा है, तुम्हारे इरादों को दिखाता है। तुम अपने बारे में अनिश्चित हो, इसलिए तुम टीवी के व्यक्तित्व नहीं हो सकते। लेकिन तुम्हारे स्वर में दमखम है। निश्चित ही रेडियो। तुम्हारा नाम लिफ़ाफ़े पर है जिसके ऊपरी आवरण को तुमने पलट रखा है। यह बॉन्ड है, लेकिन आप निश्चित ही जेम्स नहीं हैं—आप उस किस्म के नहीं हैं! तुम बेरोज़गार ही होगे नहीं तो तुम बाग में क्या कर रहे होते, जबकि बाकी लोग कार्यालय, खेत, और कारखानों में खट रहे हैं?''

''और तुम्हें कैसे पता चला कि मैं भारत से हूँ?'' मैंने थोड़ा नाराज़गी से कहा।

''तुम्हारे उच्चारण ने तुम्हें धोखा दे दिया,'' होम्स ने एक मुस्कान के साथ कहा।

मैं घूमकर जाने ही वाला था, जब उसका रोकता हुआ हाथ मेरे कन्धे पर पड़ा।

''एक पल रुकिये,'' उन्होंने कहा, ''शायद तुम सहायता कर सकते हो। मैं वाटसन पर चकित हूँ। उसने वादा किया था कि वह पन्द्रह मिनट पहले ही यहाँ मौजूद होगा। उसकी पत्नी ने उसको घर पर रोक लिया होगा। शादी मत करना बॉन्ड। औरत बुद्धि को चूस लेती है।''

''मैं किस तरह से तुम्हारी सहायता कर सकता हूँ?'' मैंने पूछा, इस बात पर खुश होते हुए कि उस महान आदमी ने मुझे स्वीकार करते हुए विश्वास में लिया था।

''इस पर एक नज़र डालो,'' होम्स ने फूलों की क्यारी की बगल में घुटनों के बल बैठते हुए कहा,''क्या तुमने किसी विचित्र चीज़ पर ध्यान दिया ?''

''कोई डैफ़ोडिल के फूल नोच रहा है,'' मैंने कहा।

''बहुत अच्छा, बॉन्ड! तुम्हारी परखने की शक्ति वाटसन से अच्छी है। अब मुझे बताओ, तुम्हें और क्या दिख रहा है ?''

''ज़मीन थोड़ी रौंदी हुई है, बस यही।''

''किस तरह से ?''

''एक इंसान का पैर। ऊँची एड़ी के जूते में। और...एक कुत्ता भी था यहाँ, वह कंद को खोदने में मदद कर रहा था।''

''तुमने तो मुझे चकित कर दिया, बॉन्ड। तुम उससे तेज़ निकले जितना मैंने सोचा था कि तुम होगे। अब क्या मैं तुम्हें समझाऊँ कि यह सब किस बारे में है ? तुम समझ सकते हो, पिछले एक हफ़्ते से कोई इस बाग से डैफ़ोडिल के फूल चुरा रहा है और अधिकारियों ने मुझे इस मामले से निबटने के लिए कहा है। मुझे लगा था कि हम अपने अपराधी को आज पकड़ लेंगे।''

मैं थोड़ा निराश था, ''तो फिर यह कोई खतरनाक काम नहीं ?''

''आह, मेरे प्रिय बॉन्ड, वे दिन बीत गये जब राज्य की राजकुमारियाँ हीरा खो देती थीं और महारानियाँ माणिक। वहाँ अब कोई राज्य की राजकुमारियाँ नहीं और महारानी माणिक नहीं खरीद सकतीं—अगर वह फ़ास्ट फ़ूड के व्यापार में नहीं चली गयी हों। सबसे सफल अपराधी अब शेयर बाज़ार में काम करते हैं। और स्कॉटलैंड यार्ड, लंदन की पुलिस मेरे अस्तित्व में अब विश्वास ही नहीं करती !''

''मैं यह सुनकर बहुत दुःखी हूँ,'' मैंने कहा, ''लेकिन आपको क्या लगता है कि डैफ़ोडिल कौन चुरा रहा है ?''

''ज़ाहिर है कि यह कोई ऐसा है जिसके पास एक कुत्ता है। कोई ऐसा जो कुत्ते को रोज़ सुबह की सैर पर ले जाता है। वह एक औरत की ओर इशारा करता है। यह माना जा सकता है कि लंदन की एक औरत अक्सर एक छोटा कुत्ता रखती है—और, जानवर के पैरों के निशान जाँचने पर, यह नन्हे पेकिंस या छोटे पौमेरियन की जाति लगती है। अगर तुम उस लैम्प पोस्ट पर गीले धब्बे को

देखो तो तुम्हें यह अन्दाज़ा होगा कि वह बहुत लम्बा नहीं हो सकता है। इसलिए मैं यह प्रस्ताव रखता हूँ, बॉन्ड कि हम खुद को इस झाड़ीदार किनारे के पीछे छुपा लेते हैं और अपराधी के अपराध स्थल पर आने का इन्तज़ार करते हैं। यह निश्चित है कि वह आज सुबह फिर आयेगी। वह पिछले हफ़्ते से डैफ़ोडिल चुरा रही है और अफ़ीम पीने की तरह डैफ़ोडिल चुराना भी एक आदत बन जाती है।''

होम्स और मैं झाड़ी के पीछे छुपे हुए थे और एक लम्बी प्रतीक्षा के लिए तैयार थे। आधे घंटे के बाद, हमारे धीरज का फल मिला। एक वृद्ध लेकिन स्वस्थ औरत स्मार्ट हरा टोप लगाये, जो मारग्रेट थैचर जैसी दिख रही थी, घास पर होते हुए हमारी ओर आ रही थी, उसके पीछे एक छोटा उजला पौमेरियन जाति का कुत्ता चला आ रहा था। होम्स सही था! मैंने पहले से भी ज्यादा उसकी प्रतिभा को सराहा। हम इन्तज़ार करते रहे जब तक वह कुत्ता और औरत डैफ़ोडिल के कंद को ढीली मिट्टी से खोदने नहीं लगे, फिर होम्स झाड़ी में से लपका।

''आह! हमने तुम्हें पा लिया,'' उसने उसकी ओर उछलते हुए इतनी तेज़ी से कहा कि वह चीखी और डैफ़ोडिल के फूल हाथ से गिर गये। मैं प्रमाण जुटाने के लिए झुका, लेकिन मेरे प्रयत्न का फल मुझे उग्र पौमेरियन द्वारा पिछवाड़े में काट कर मिला।

होम्स उस स्त्री को रोकने के लिए सिर्फ़ उसके हाँफते सीने का आवर्धक शीशे से निरीक्षण कर रहा था। मुझे नहीं पता कि उसे किस चीज़ ने ज्यादा डराया—पकड़े जाने ने, या फिर गम्भीर दिखती मुखाकृति द्वारा अपने पाइप, लबादे और शिकारी की टोपी के साथ उसका अवलोकन करने ने।

''अब कहें, मैडम,'' उसने दृढ़ता से कहा, ''आप क्यों हमारे महामहिम के डैफ़ोडिल चुरा रही थीं?''

उसने रोना शुरू कर दिया—हमेशा एक स्त्री का सबसे बड़ा बचाव—और मुझे लगा होम्स नरम पड़ जायेगा। ऐसा वह हमेशा करता था, जब किसी रोती हुई स्त्री से सामना होता था। और यह मिसेज़ थैचर नहीं थीं; वह आक्रामक हो गयी होतीं।

''मैं उपकार मानूँगा, बॉन्ड, अगर तुम बाग के सहायक को बुलाओगे,'' उसने कहा।

मैं दूर स्थित एक ग्रीन हाउस तक भागा और थोड़ी देर खोजने के बाद मुझे माली मिला। ''डैफ़ोडिल चुरा रही थी, क्या वास्तव में?'' उसने पूछा, दोगुनी तेज़ी से दौड़ते हुए, एक हाथ में खतरनाक दिखता हुआ पाँचा लिये हुए।

लेकिन जब वह डैफ़ोडिल की क्यारी के पास पहुँचा, हमें चोर कहीं नहीं मिला। होम्स भी कहीं दिख नहीं रहा था। स्पष्ट था कि वे साथ गये हैं, मुझे उलझन में डालते हुए। मैं सन्देह और शर्म से घिर गया, लेकिन फिर मैंने देखा कि डैफ़ोडिल के कंद घास पर बिखरे हुए हैं।

''होम्स ज़रूर उसे पुलिस के पास ले गये होंगे,'' मैंने कहा।

''होम्स,'' माली ने दोहराया, ''और होम्स कौन है?''

''शरलॉक होम्स, बेशक। वह प्रसिद्ध जासूस। तुमने उनके बारे में सुना नहीं है?''

माली ने मुझ पर एक सन्देह-भरी दृष्टि डाली।

''शरलॉक होम्स, ओह? और तुम डॉक्टर वाटसन होगे, मेरा ख़याल है?''

''बेशक, नहीं,'' मैंने क्षमा माँगने के अन्दाज़ में कहा, ''मेरा नाम बॉन्ड है।''

यह माली के लिए पर्याप्त था। उसने बाग में पहले भी पागल देखे थे। वह घूमा और ग्रीन हाउस की दिशा में गुम हो गया।

अन्तत: मैंने पार्क के बाहर का रास्ता खोज लिया, यह महसूस करते हुए कि होम्स ने मुझे थोड़ा नीचा दिखाया। फिर, जैसे ही मैं बेकर स्ट्रीट पार कर रहा था, मुझे लगा कि मैंने उन्हें सामने के फुटपाथ पर देखा है। वह अकेले थे, एक रोशनी वाले कमरे को ताकते हुए और उनकी बाँहें उठी हुई थीं जैसे वह किसी को हाथ हिला रहे हों। मुझे लगा, मैंने उन्हें चिल्लाते हुए सुना, ''वाटसन!'' लेकिन मैं तय नहीं कर सका। मैंने सड़क पार करना शुरू किया लेकिन एक बड़ी लाल बस कुहरे से निकलकर मेरे सामने आ गयी और मुझे उसके गुज़र जाने की प्रतीक्षा करनी पड़ी। जब सड़क साफ़ हुई, तो मैं तेज़ी से भागा। लेकिन उस समय तक मिस्टर होम्स जा चुके थे, और ऊपर के कमरों में अँधेरा था।

मेरा लाइमहाउस रोमांच

लाइमहाउस लंदन के थीम्स नदी के किनारे बसा एक छोटे से इलाके का नाम है, जिसका ज़िक्र मैंने कई किताबों में पढ़ रखा था और उन्हीं के आधार पर मेरे दिमाग में उसके बारे में बहुत सी काल्पनिक तस्वीरें थीं। मैं सोच कर गया था कि यहाँ मुझे सड़कों पर घूमते पियक्कड़ नाविक, कपड़ों को धोने और प्रेस करने वाले चीनी लौंड्री, पीठ में घुपे छुरे से घायल अँधेरी गलियों में से लड़खड़ाते पश्चिम एशियाई नाविक निकलते मिलेंगे, अफ़ीम का वह अड्डा मिलेगा जहाँ वॉटसन ने होम्स को खोज निकाला था। लेकिन यहाँ तो मुझे न ही लेखक एडगर वालिस का कोई दुष्ट चीनी पात्र देखने को मिला और न ही डब्ल्यू.डब्ल्यू. जैकब्स के किरदार। इन सबके बजाय लाइमहाउस की केवल सूनसान वीरान गलियाँ दीख रही थीं और पुराने घरों की दीवारों पर धीरे-धीरे थपेड़े मारती नदी की लहरें, शराब बनाने की एक भट्टी और कुछेक पुराने गोदाम और फुटपाथ पर रोलर स्केट्स लगाये तेज़ी से जाता एक लड़का। क्या यही था वास्तव में लाइमहाउस!

मैं लाइमहाउस रविवार के दिन पहुँचा था। जल्द ही शराबखाने बंद होने वाले थे और फिर शायद पश्चिम भारतीय नाविक, जो अब तक शांत बैठे थे, मैंने सोचा कि शायद वे अचानक हरकत में आ जायें और सड़कों पर एक पश्चिम-भारतीय कैलिप्सो डान्स करने लगें।

मुझे भूख लग रही थी क्योंकि मैं पूरी कमर्शियल रोड पैदल ही पार करते हुए आया था। मैंने पेट्टीकोट लेन में एक फ़ोटोग्राफर को पाँच शिलिंग दिए थे, जिसने बिना पूछे मेरी तस्वीर उतार दी थी और जब मैंने उस तस्वीर को एक घंटे बाद देखा तो वह धुंधली हो चुकी थी। मिंग स्ट्रीट—एक नाम, जो कि

पुराने आलीशान समय की याद दिलाता था—पर मुझे चीनी नामों वाले बहुत सारे छोटे रेस्तराँ देखकर खुशी हुई। उनमें से ज्यादातर खाली पड़े थे। कभी एक वक्त था जब लाइमहाउस में चीनियों की संख्या हज़ारों में थी पर अब उस इलाके में उनकी आबादी दो सौ या तीन सौ से अधिक नहीं रह गई थी।

मैंने नानकिंग रेस्तराँ के दरवाज़े को धकियाया और भीतर चला गया। जगह खाली थी। मेज़ों को गहरे हरे रंग से पेंट किया गया था और दीवारें जॉर्ज पंचम्, जॉर्ज षष्ठम् और एलिज़ाबेथ द्वितीय (राजशाही) के रंगीन चित्रों से सजी थीं। मैंने ईस्ट एंड के अलावा देशभक्ति का ऐसा प्रदर्शन कहीं नहीं देखा था।

वहाँ कोई भी वेटर वगैरह नहीं दिखा तो मैंने बैठकर नमकदानी खनकाई ताकि किसी का ध्यान इस ओर जाए। पर कोई नहीं आया। मुझे लगा कि उस जगह का मालिक कोई नौकर नहीं रख सकता होगा इसलिए वह स्वयं ही खाना परोसता होगा पर वह भी कहीं नहीं दिखा। वह कमरा किसी खाली पड़े गिरजे की तरह शांत था।

मैंने गला खंखारा। आवाज़ सुनकर मैं ही चौंक गया। मैंने सीटी बजानी चाही पर वह खुशनुमा लगने की बजाय थोड़ी दुखदायी सी लग रही थी। मुझे कोने में पानी का जग दिखा। प्यास लग रही थी। आस-पास गिलास नहीं दिखा तो उससे ही पानी पी लिया। जग नीचे रखने लगा तो अंदर से दरवाज़ा खुला और एक उत्साहित चीनी बाहर निकल गया। उसने मेरी ओर ज्यादा ध्यान नहीं दिया और फुटपाथ पर निकलकर इधर-उधर देखने लगा। वापिस आया तो उसके चेहरे पर परेशानी दिखी। एक भी शब्द कहे बिना वह भीतर चला गया।

यह कैसा रहस्य था! लाइमहाउस तो अपने नाम को सार्थक कर रहा था। मैं चकराया हुआ सा अपनी मेज़ पर वापिस आ गया, मैंने तय किया कि जब तक कोई मेरी ओर ध्यान नहीं देता, मैं उसी रेस्तराँ में रहूँगा। बाहरी बोर्ड से साफ़ दिख रहा था कि वह एक होटल था और दरवाज़े खुले थे इसलिए मुझे पूरा हक था कि मैं वहाँ बैठकर अपना ऑर्डर परोसे जाने—या अपनी हत्या करवाने का इंतज़ार करूँ।

अचानक सरसराहट-सी सुनाई दी। एक करीबन ग्यारह साल की नन्ही सी चीनी लड़की बाहर आई। उसके बाल चोटी में बँधे थे और पैरों में हरी ऊनी लैगिंग पहनी हुई थी। उसने भी उस आदमी की तरह मेरी ओर कोई

ध्यान नहीं दिया। वह फ़र्श पर रबड़ की गेंद उछालने लगी। गेंद उछल कर मेरे पास आई तो मैंने उसे लपक कर मेज़ पर रख दिया।

''गेंद वापिस दो,'' कमरे के बीच खड़ी लड़की ने कहा।

''आकर ले लो। क्या मुझे यहाँ कुछ खाने को मिल सकता है?'' मैंने उससे पूछा।

''अगर चाहो तो मेरी गेंद वापिस कर दो।''

''अच्छा! अभी जो यहाँ आए थे, वे तुम्हारे पापा थे?''

''हाँ। क्या तुम मेरी गेंद वापिस नहीं कर रहे?''

''अच्छा, क्या वे अपने ग्राहकों को खाना परोसते हैं या लोग ख़ुद जा कर रसोई से अपना ऑर्डर लेते हैं?''

''तुम्हें इंतज़ार करना होगा। मेरी माँ हमारे घर में एक बेबी लाने वाली हैं।''

मैंने गेंद उसकी ओर उछाल दी। उसने गेंद लपकी और बाहर फुटपाथ पर जाकर खेलने लगी। ज्यों ही वह बाहर गई तो मुझे भीतर वाले कमरे से एक नवजात के रोने का स्वर सुनाई दिया। मैं पाँच मिनट तक आवाज़ सुनता रहा और जब ऐसा लगा कि मैं वहाँ मूर्खों की तरह बैठा हूँ तो मैं जाने के लिए उठ खड़ा हुआ। मैं जाने ही वाला था कि वह चीनी भीतर से बाहर आ गया। उसके चेहरे पर मुस्कान खिली थी।

वह बोला, ''माफ़ करें श्रीमान! आपको बहुत देर इंतज़ार करना पड़ा। डॉक्टर समय से नहीं आ सका पर बच्चा जन्म लेने के लिए इंतज़ार नहीं कर सकता था। इसलिए मैंने और मेरी बीवी ने ही मिलकर इस डिलीवरी को सँभाला है। सर, अब सब ठीक है। आप मेन्यू देखिए।''

मैं उसे हैरानी से देखता रहा। उसका उत्साह छलक रहा था।

''आज आपको लंच मुफ़्त मिलेगा, सर। चिकन नूडल्स, चाउमीन, लॉबस्टर फुयोंग आप जो जी चाहें, खा सकते हैं!''

''हमारे छह बच्चे थे पर सभी बेटियाँ थीं। आज हमारे घर बेटा हुआ है!''

मैंने उसे बधाई दी और उसकी लंच की पेशकश मंज़ूर कर ली। खाना बहुत ही प्यार से तैयार किया गया था। मेरा लंबा इंतज़ार बेकार नहीं गया और लाइमहाउस अपनी उम्मीदों पर खरा उतरा। लंदन में मेरे साथ भला ऐसा कहाँ हो सकता था?

किपलिंग से मुलाकात

मैं विक्टोरिया और अल्बर्ट संग्रहालय के इंडियन सैक्शन में एक बेंच पर बैठा था जब एक लम्बा, झुका हुआ, वृद्ध भद्रपुरुष मेरी बगल में बैठ गया। मैंने उस पर एक उड़ती हुई नज़र डाली, उसकी साँवली आकृति, घनी मूँछें और कमानीदार ऐनक। उसके चेहरे में कुछ बहुत ही परिचित और परेशान करने वाला था और मैं उसे दोबारा देखने से खुद को रोक नहीं पाया।

मैंने ध्यान दिया कि वह मुझे देखकर मुस्कुरा रहा था।

''क्या तुम मुझे पहचानते हो ?'' उसने हल्की मधुर आवाज़ में पूछा।

''बेशक, तुम परिचित दिख रहे हो,'' मैंने कहा, ''क्या हम कहीं मिले हैं ?''

''शायद। लेकिन अगर मैं तुम्हें परिचित लग रहा हूँ तो कोई बात तो है। इन दिनों की समस्या यह है कि लोग अब मुझे नहीं जानते—मैं एक परिचित हूँ, बस इतना ही। पुराने विचारों के लिए खड़ा बस एक नाम।''

थोड़ा परेशान होकर मैंने पूछा, ''तुम क्या करते हो ?''

''मैं कभी किताबें लिखता था। कविता और कहानियाँ...तुम कहो, किनकी किताबें पढ़ते हो तुम ?''

''ओह, मौघम, प्रीस्टले, थर्बर। और पुराने लेखकों में बेनेट और वेल्स...'' मैं झिझका, कोई महत्त्वपूर्ण नाम तलाशने के लिए और मैंने एक छाया देखी, एक उदास छाया, मेरे साथी के चेहरे पर छा गयी।

''ओह हाँ, और किपलिंग,'' मैंने कहा, ''मैं रुडयार्ड किपलिंग को बहुत ज्यादा पढ़ता हूँ।''

उनका चेहरा एकदम चमक गया और मोटे लेंस वाले चश्मे के पीछे आँखें एकदम जीवंत हो उठीं।

‘‘मैं किपलिंग हूँ,’’ उन्होंने कहा।

मैंने उन्हें चकित होकर ताका। और फिर यह अनुभव करके कि वह खतरनाक भी हो सकता है, मैं निर्बलता से मुस्कुराया और कहा, ‘‘ओह हाँ ?’’

‘‘तुम शायद मुझ पर विश्वास नहीं करते हो। मैं मृत हूँ, बेशक।’’

‘‘मैंने यही सोचा।’’

‘‘और तुम भूत में विश्वास नहीं करते हो ?’’

‘‘किसी नियम की तरह नहीं।’’

‘‘लेकिन तुम्हें उससे बात करने में कोई आपत्ति तो नहीं, अगर वह साथ आता है ?’’

‘‘मुझे कोई आपत्ति नहीं है, लेकिन मैं कैसे जान पाऊँगा कि तुम किपलिंग हो ? मैं यह कैसे मान लूँ कि तुम ढोंगी नहीं हो ?’’

‘‘सुनो, फिर :

जब मेरा स्वर्ग खून में बदल जायेगा,

जब अँधेरा मेरे दिन पर छा जायेगा,

बहुत दूर, लेकिन सबसे व.फादार, प्रतीक्षारत होगा

वह पुराना तारा जिसे मैंने दूर कर दिया।

मैंने खुद को चाहा, और

मैं न जी सका और न मर ही पाया।

‘‘एक बार,’’ मुझे बाँह से पकड़ते हुए और मेरी आँख में सीधा झाँकते हुए उन्होंने कहा।‘‘एक बार जीवन में मैंने तारा देखा लेकिन मैंने उसे जाने का संकेत किया।’’

‘‘आपका तारा अब तक नहीं टूटा है,’’ मैंने कहा, अचानक द्रवित होते हुए, अचानक इस बात के लिए पूरी तरह आश्वस्त होते हुए कि मैं किपलिंग की बगल में बैठा हूँ, ‘‘एक दिन जब यहाँ विदेश में जोखिम की नयी भावना होगी, हम आपको फिर से खोज लेंगे।’’

‘‘इतने लम्बे समय तक उन्होंने मुझे इतना तिरस्कृत क्यों किया ?’’

‘‘आप बहुत युद्धप्रिय थे। मुझे लगता है—बहुत ज्यादा ही साम्राज्य के व.फादार। आप अपने हित के लिए बहुत अधिक देशभक्त थे।’’

वह थोड़ी पीड़ा में दिखे। ''मैं कभी भी बहुत राजनैतिक नहीं था,'' उन्होंने कहा। ''मैंने 600 से ज़्यादा कवितायें लिखीं और उनमें से दर्जन भर को ही आप राजनैतिक कह सकते हैं। मुझे इस बात के लिए कोसा गया कि मैं गोरों के उत्तरदायित्व के मुद्दे की बीन बजाता रहता हूँ लेकिन मेरा एकमात्र उद्देश्य था अपने पाठकों को साम्राज्य का दर्शन करवाना—और मैं विश्वास करता था कि साम्राज्य एक बढ़िया और महान चीज़ है। क्या किसी चीज़ पर विश्वास करना गलत है? मैं कभी भी राजनैतिक मुद्दों की गहराई में नहीं गया, यह सच है। तुम्हें ज़रूर याद होना चाहिए, भारत में मेरे सात साल मेरी जवानी के साल थे। मैं अपने बीसवें साल में था, थोड़ा अपरिपक्व अगर तुम्हें अच्छा लगे, और भारत में मेरा रुझान एक लड़के का रुझान था। अभियान मुझे किसी भी और चीज़ से ज़्यादा प्रभावित करते थे। तुम्हें यह समझना चाहिए।''

''किसी ने भी अभियान या भारत को इतनी विविधता से वर्णित नहीं किया। मैं किम के साथ खुद को महसूस करता हूँ। वह ग्रैंड ट्रंक रोड पर जहाँ भी जाता है, बनारस के मन्दिरों में, सहारनपुर के फलों के बगीचों में, हिमाच्छादित हिमालय पर किम के पास कविता के रंग और गति है।''

उन्होंने एक आह भरी और एक उदास झलक उनकी आँखों में तैर गयी।

''मैं ज़रूर पूर्वाग्रही हूँ, बेशक,'' मैंने कहना जारी रखा, ''मैंने अपना अधिकांश जीवन भारत में बिताया है—तुम्हारे भारत में नहीं, लेकिन उस भारत में जिसके पास अब भी वे अधिकतर रंग और वातावरण हैं जिन्हें आपने उकेरा था। आप जानते हैं, मिस्टर किपलिंग, आप अब भी रेल के डिब्बे के तीसरी क्लास में बैठकर सबसे निराले लोगों के समूह से मिल सकते हैं। आप अब भी किसी भी गाँव में वही स्वागत, गरिमा और साहस पायेंगे जो लामा और किम ने अपनी यात्राओं में पाया था।''

''और ग्रैंड ट्रंक रोड? क्या यह अब भी लोगों के एक लम्बे जुलूस जैसा है?''

''एकदम वैसा तो नहीं,'' मैंने थोड़ा उदास होते हुए कहा, ''अब बस यह मोटर गाड़ी का जुलूस भर है। बेचारे लामा ट्रक के नीचे आ जायें अगर वह ग्रैंड ट्रंक रोड पर अपनी कल्पनाओं में अधिक खो जायें। समय बदल चुका है। उदाहरण के लिए शिमला में मिसेज़ हॉक्सबीस जैसे लोग अब और नहीं हैं।''

किपलिंग की आँखों में दूर जाने का भाव था। शायद वह खुद को फिर से एक लड़के जैसा अनुभव कर रहे थे। शायद वह पहाड़ और राजपूताना की लाल धूल देख पा रहे थे। शायद वह अपने प्रसिद्ध पात्रों मलवनी और ओर्थेरिस से निजी वार्तालाप कर रहे थे, या शायद वह अपनी किताब *द जंगल बुक* के सियोन्स भेड़िये के झुंड के साथ शिकार कर रहे थे। लंदन ट्रैफ़िक की आवाज़ शीशे के दरवाज़े के भीतर से हम तक आ रही थी, लेकिन हमें सिर्फ़ बैलगाड़ी के पहिये और बाँसुरी का दूर से आता संगीत सुनायी दे रहा था।

वह खुद से बात कर रहे थे, अपनी ही एक कहानी के अंश को दोहराते हुए। ''और दिन की हवा का आखिरी झोंका किसी अनदेखे गाँव से आता हुआ गीली लकड़ी का धुआँ, उपले, ज़मीन के नीचे की टपकन, और देवदार के निर्जीव पत्तों की गंध लाता था। यह हिमालय की सच्ची गंध थी और अगर एक बार यह एक आदमी के खून में उतर आती है तो वह आदमी आखिरकार, सब कुछ भूल जायेगा और पहाड़ों पर मरने के लिए लौट जायेगा।''

एक धुँध हम दोनों के बीच उठ आयी प्रतीत होती थी—और क्या वह सड़कों से आयी थी?—और जब वह साफ़ हुई, किपलिंग जा चुके थे।

मैंने द्वारपाल से पूछा कि क्या उसने थोड़े झुके कन्धे वाले और चश्मा पहने एक लम्बे इंसान को जाते देखा है।

''नहीं,'' द्वारपाल ने कहा, ''पिछले दस मिनट से किसी को नहीं देखा।''

''क्या थोड़ी देर पहले इस तरह का कोई और गैलरी में आया था?''

''ऐसा कोई नहीं जो मुझे याद हो। आपने उस आदमी का नाम क्या बताया था?''

''किपलिंग,'' मैंने कहा।

''नहीं जानता उसे।''

''क्या तुमने कभी *द जंगल बुक* पढ़ी है?''

''नाम परिचित लग रहा है। टार्ज़न जैसी कहानियाँ, यही था ना?''

मैं संग्रहालय से निकल आया और सड़क पर बहुत देर तक घूमता रहा, लेकिन मुझे किपलिंग कहीं नहीं दिखे। क्या वह लंदन ट्रैफ़िक का शोर था जो मैं सुन रहा था या सतलुज नदी घाटियों में शोर करती बह रही थी।

एक मृतक मित्र को श्रद्धाँजलि

अब जबकि तान्ह नहीं रहा, इसलिए शायद मेरे लिए उसके बारे में लिखना इतना जोखिम से भरा भी नहीं होगा। किसी भी इंसान के पीठ पीछे उसके बारे में बात करना बुरा माना जाता है और किसी मृतक के बारे में बात करना तो बिलकुल जायज़ नहीं क्योंकि वह तो पलट कर जवाब भी नहीं दे सकता। पर तान्ह अक्सर गैरमौजूद लोगों की निंदा करता था इसलिए अगर मैंने अब उसके अहं के कुछ पर्दे उघाड़े तो उसे बुरा नहीं लगेगा।

यह ठीक है कि वह एक चालबाज़ इंसान था पर इस बारे में किसी को भनक तक नहीं थी। गोल खूबसूरत आँखों, चमकीली मुस्कान और मीठे सुर के साथ वह एक आकर्षक व्यक्ति कहलाता था। इसमें कोई शक नहीं कि वह सुंदर था पर मैंने अक्सर देखा है कि दिलकश लोग संज़ीदा नहीं होते। मुझे लगता है कि मैं इकलौता इंसान था, जो उसका दोस्त कहलाता था। उसने अपने लिए एक खास तरह का एकांत रच लिया था और उसे भेदना इतना आसान नहीं था।

मेरी और उसकी मुलाकात, सन् 54 में, लंदन के एक गर्मियों के मौसम में हुई। मुझे अभी लंदन आए दूसरा साल ही हुआ था पर मेरा मन भारत के पहाड़ों और नदियों के लिए तरसने लगा था। तान्ह एक वियतनामी था। वह एक खाते-पीते परिवार से था, चूँकि कम्यूनिस्टों ने उनके होम टाउन हनोई को अपने अधीन कर लिया था इसलिए उसका अधिकतर परिवार अब फ्रांस में था, उनका रेस्तराँ का व्यवसाय फल-फूल रहा था। तान्ह उस वित्तीय अभाव से ग्रस्त नहीं था, जिससे अक्सर उत्तरी वियतनाम से आने वाले छात्र परेशान

रहते थे। वह कोई खास पढ़ाई नहीं कर रहा था पर बड़ी लगन से पियानो का अभ्यास ज़रूर करता था और जाने-माने पियानोवादक चॉपिन की धुन 'फ़्युनरल मार्च' के सिवा कुछ भी ढंग से नहीं बजा पाता था।

बड़े ही प्यारे, खुशदिल और दोस्ताना स्वभाव वाले गुजराती दोस्त प्रवीण ने मेरी और तान्ह की मुलाकात करवाई थी। एक अच्छे भारतीय की तरह, प्रवीण का भी यही मानना था कि सारे एशियाई श्रेष्ठ किस्म के लोग होते हैं पर वह तान्ह को अच्छी तरह नहीं जानता था। तान्ह को एक एशियाई होने पर कोई गर्व नहीं था, उसे इस बात से चिढ़ थी।

पहले-पहल, तान्ह को मुझसे मिलकर बहुत अच्छा लगा। उसने कहा कि वह एक लंबे अरसे से किसी अंग्रेज़ से दोस्ती करना चाहता था, कोई सच्चा इंग्लिशमैन; कोई पोलैंड या लंदन वासी या फिर कोई यहूदी नहीं। दरअसल वह अंग्रेज़ी उच्चारण को सुधार कर, बीबीसी चैनल के वक्ता श्रीमान ग्लैन्डैनिंग की तरह पटापट अंग्रेज़ी बोलना चाहता था। प्रवीण तो जानता था कि मैं भारत का ही पला-बढ़ा था इसलिए वह दबी हँसी हँसा। पर तान्ह का भरम जल्दी ही टूट गया। मेरा बोलने का लहज़ा चाहे जो भी हो, पर अंग्रेज़ी नहीं था। इसे आप ची-ची लहज़े का नाम दे सकते थे।

''तुम तो किसी इंडियन जैसा बोलते हो!'' तान्ह के सुर में हैरानी के साथ एक डर शामिल था। ''क्या तुम इंडियन हो?''

''ये तो वेल्स का रहने वाला है,'' प्रवीण ने आँख दबा कर कहा।

तान्ह को थोड़ा सुकून मिला। एक अंग्रेज़ न सही, वेल्स का रहने वाला ही सही। बस उसे यह मंजूर नहीं था कि कोई वेल्स भाषा को भारतीय लहज़े में बोले।

~

बाद में जब प्रवीण चला गया, तो मैं तान्ह के साथ उसके कमरे में बैठकर चायनीज़ चाय की चुस्कियाँ भर रहा था, तभी उसने मुझे बताया कि उसे भारतीय पसंद नहीं हैं।

''क्यों प्रवीण भी तो तुम्हारा दोस्त है?'' मैंने कहा।

वह बोला, ''मुझे उस पर भरोसा नहीं है। उसके साथ दोस्ती रखी हुई है पर उस पर विश्वास नहीं है। मुझे भारतीयों पर बिलकुल विश्वास नहीं होता।''

''क्यों इसकी क्या वजह है?''

तान्ह ने शिकायत की, ''ये लोग हर चीज़ में टाँग अड़ाते हैं। बस मिलने की देर है। इनकी छानबीन चालू हो जाती है। तुम्हारे पिता क्या करते हैं, तुम क्या काम करते हो? बैंक में कितना पैसा जमा है?''

मैं हँस दिया और उसे समझाना चाहा कि यह भारतीय कौतूहल, दोस्ताना रवैया कहलाता है और जब किसी से ऐसे निजी सवाल पूछे जाएँ तो उसे अच्छा लगता है। मैंने जब उसकी राय का विरोध किया और कहा कि मैं भी भारतीय हूँ तो उसने कहा कि अगर ऐसा होता तो वह मेरा भी यकीन न करता।

पर लगता है कि मैं उसे भा गया था। वह अक्सर मुझे अपने घर आने का न्यौता देता। वह बहुत स्वादिष्ट चाइनीज़ और फ्रेंच व्यंजन बना लेता था। जब हम खाना खा लेते, तो वह अपने सैकेंड-हैंड पियानो पर चॉपिन की धुन बजाता। उसे हमेशा यही शिकायत रहती थी कि मैं उसका पियानोवादन अच्छी तरह नहीं सुनता।

वह अक्सर मेरे बेहूदेपन और दबंग आत्मविश्वास का भी उलाहना देता। यह सच था कि जब मैं किसी चीज़ के बारे में निश्चिंत न होता तो उसी समय मेरा आत्मविश्वास सबसे ज्यादा दिखाई देता। मैं अक्सर लंदन के भूगोल की जानकारी की डींगें हाँकता और मैं ही रास्ता भूल जाने का विशेषज्ञ भी था। जब भी रास्ता भटक जाता तो उसका इल्ज़ाम किसी और के सिर मढ़ देता।

एक दिन जब मैं चॉपस्टिक की मदद से स्वादिष्ट पोर्क (सूअर का माँस) और फ्राइड राइस ठूँस रहा था तो तान्ह बोला, ''तुम बिलकुल नाकारा हो। तुम अपना रास्ता सही तरह से नहीं खोज सकते। तुम सही तरह से अंग्रेज़ी नहीं बोल सकते। तुम यहाँ किसी को जानते नहीं हो। भला लेखक कैसे बनोगे?''

मैंने कहा, ''अगर मैं इतना ही बुरा हूँ तो मुझसे दोस्ती रखने की क्या तुक बनती है?''

वह बोला, ''मैं तुम्हारी कमअक्ली का अध्ययन कर रहा हूँ।''

यही वजह थी कि उसका कभी कोई पक्का दोस्त नहीं बना। उसे आपकी भूलों और अधूरेपन को खोज निकालने का बहुत शौक था। उसका कहना था कि पक्के दोस्त वाली कोई बात नहीं होती। उसने हर जगह देखा था पर उसे कभी कोई पक्का या सच्चा दोस्त नहीं मिला।

एक दिन मैंने पूछा, ''तुम्हारे हिसाब से एक पक्का दोस्त कैसा होना चाहिए? क्या उसे सही तरह से अंग्रेज़ी बोलनी आनी चाहिए?''

मेरा व्यंग्य तान्ह के सिर के ऊपर से निकल गया और उसने माना कि अगर किसी को परफ़ेक्ट दोस्त बनना हो तो उसके लिए उसका अंग्रेज़ी उच्चारण सटीक होना ही चाहिए!

कई बार जब वह गहरी उदासी से घिर जाता, तो वह मुझे बताता कि उसके भीतर ज़िंदा रहने की तमन्ना नहीं रह गई थी।

वह शिकायत करता, ''मेरी छाती में दर्द है। यहाँ लगातार एक टिक-टिक सी होती रहती है। क्या तुम इसे सुन सकते हो?''

वह अपनी पसलियों से भरी छाती मेरे आगे खोल देता और मैं उस जगह अपना कान लगाकर सुनने की कोशिश करता। पर मुझे कभी कोई टिक-टिक सुनाई नहीं दी।

मैंने उसे सलाह दी, ''अस्पताल दिखा आओ। वे तुम्हारा एक्स-रे करके पूरा चैकअप कर देंगे।''

उसने झूठ कहा, ''मैंने एक्स-रे करवाया था। उसमें तो कुछ दिखाई नहीं देता।''

इसके बाद वह खुदकुशी की बातें करता। यह उसका हमेशा का राग था : उसका कोई दोस्त नहीं था, वह एक असफल संगीतज्ञ रहा, उसके लिए कोई कैरियर नहीं बचा था, वह पिछले पाँच सालों से अपने परिवार से नहीं मिला था और कम्यूनिस्टों की वजह से भारत-चीन की सीमा पर वापिस नहीं जा सकता था। वह अक्सर अपनी परेशानियों को पर्वत से भी विशाल और दूसरों की तकलीफ़ों को राई से भी छोटा बनाकर देखता। मुझे कुछ दिन अपने पुराने जानकार के साथ अस्पताल में बिताने पड़े, वे पेचिश से पीड़ित

थे। प्रवीण रोज़ मिलने आता रहा। तान्ह उन दिनों व्यस्त न होने के बावजूद केवल एक बार ही आया। उसका कहना था कि अस्पताल के माहौल से उसे अवसाद होने लगता है।

जब मैं अस्पताल से लौटा तो मैंने उससे कहा, ''तुम्हें छुट्टियों की ज़रूरत है। तुम स्टूडेंट यूनियन में शामिल हो जाओ और एक-दो सप्ताह तक किसी खेत में काम करो। इस तरह तुम्हारे मन को बेहतर महसूस होगा।''

मुझे यह जानकर हैरानी हुई कि यह बात उसे पसंद आ गई और वह इस दौरे पर जाने के लिए तैयार हो गया। अचानक ही उसके मन में सारी मानवजाति के लिए सद्भाव पैदा हो गया था। मुझ पर भरोसा जताने के सबूत के तौर पर, उसने अपने घर की चाबियाँ मुझे सौंप दीं (हालाँकि उसे मन-ही-मन इस बात से ज़्यादा खुशी होती जब मैं उसका पियानो या चॉपस्टिक चुरा लेता और उसे अपनी बात की पुष्टि मिल जाती, 'कभी किसी इंडियन या एंग्लो-इंडियन पर भरोसा मत करो।')। इसके साथ ही उसने एक लड़की से मेरी मुलाकात करवाई, जिसका नाम वू फुओंग था। एक छोटी और प्यारी सी वियतनामी लड़की, जो उन दिनों पोलीटेक्नीक में पढ़ रही थी। मुझे तान्ह ने बताया कि मिस वू को अगले सप्ताह अपना डेरा बदलना है और क्या मैं उसके लिए किसी रहने की जगह का बंदोबस्त कर सकता हूँ? मैं इस मामले में बड़ा अनुभवी माना जाता था, क्योंकि लंदन प्रवास के दो वर्षों के भीतर मैं पाँच बार अपना निवास बदल चुका था (आह वह लंदन का मधुर बंजारा जीवन!)। मुझे मिस वू बेहद दिलकश लगी, इसलिए मैंने कमरा दिलाने का वादा कर दिया। मैं चाहता था कि उसे मेरे घर के पास ही जगह मिल जाए ताकि कभी ज़रूरत पड़ने पर आसानी से मदद कर सकूँ।

इसके बाद, तान्ह ने मुझे अपने विश्वास में लेते हुए कहा कि मैं वू के साथ बहुत ज्यादा अपनापन न रखूँ, क्योंकि वह भरोसे के लायक नहीं।

पर ज्यों ही वह अपने दौरे पर रवाना हुआ, मैं वू के नए डेरे पर उससे मिलने जा पहुँचा जो मेरे घर से केवल एक ट्यूब स्टेशन की दूरी पर था। ऐसा लगा कि उसे मुझे देखकर खुशी ही हुई। उसे भी कई तरह के चायनीज़ और फ्रेंच व्यंजन पकाने आते थे। मैंने लंच का न्यौता स्वीकार किया। हमने चिकन

नूडल्स के साथ सोया सॉस वाले फ्राइड राइस का स्वाद लिया। मैंने सारे बर्तन साफ़ कर दिए। वू बोली, ''रस्टी, क्या तुम पत्ते (काड्‌र्स) खेलते हो ?'' उसकी मीठी और सौम्य आवाज़ सुनकर किसी भी मर्द की बहादुरी सामने आ सकती थी। मुझे लगा कि मुझे उसका ध्यान रखना चाहिए और मैं उसके आस-पास एक समर्पित कॉकर स्पेनियल (झबरीले कुत्ते की नस्ल) की तरह मंडराने लगा।

मैंने कहा, ''मैं इस खेल में इतना हुनरमंद नहीं।''

''कोई बात नहीं, चलो मैं इनसे तुम्हारे भविष्य के बारे में बताती हूँ।''

उसने मुझसे कहा कि मैं पत्ते फेंटूँ और फिर उसने पत्तों को अलग-अलग ढेरों में पलंग पर फैला दिया और बोली कि मैं बहुत दौलतमंद बनूँगा। मैं दुनिया भर की सैर करूँगा और चालीस की उम्र तक पहुँचूँगा। मैंने उसे बताया कि उसकी बातें सुनकर मुझे बहुत दिलासा मिली है।

वह जून का महीना था और उसके घर से लंदन की जानी-मानी जगह हैम्पस्टेड हीथ बस दस मिनट पैदल की दूरी पर थी। लड़के पहाड़ी से पतंगें उड़ा रहे थे और पेंट से सजी छोटी नौकाएँ तालों के आस-पास छितराई हुई थीं। हम एक पहाड़ी ढलान पर, घास पर जा बैठे और मैंने वू का हाथ थाम लिया।

पूरे तीन दिन तक मेरा खाना वू के घर ही होता रहा और हम हैम्पस्टेड हीथ में घास पर लेटे-लेटे, एक-दूसरे को आने वाले कल के बारे में बताया करते। चौथे दिन उसने बताया कि वह बर्कशायर नाम की जगह पर जा रही है और पंद्रह दिन बाद वापिस आएगी। जब वह वापिस आई तो मैंने कहा, ''वू, मैं तुमसे शादी करना चाहूँगा।''

उसने कहा, ''मैं तुम्हें इसके बारे में सोचकर जवाब दूँगी।''

तान्ह छठे दिन वापिस आ गया और बोला, ''रस्टी! मैंने बहुत सोचा और यही ठीक लगा कि वू इतनी बुरी भी नहीं है। मैं उसके सामने विवाह का प्रस्ताव रखने जा रहा हूँ। मुझे इसकी ही ज़रूरत है—एक अदद बीवी!''

मैंने कहा, ''यह बात पहले तुम्हारे दिमाग में क्यों नहीं आई ? अब उससे कब पूछोगे ?''

उसने कहा, ''आज ही। इसके बाद तुम्हारे पास आकर बताता हूँ कि हमारी बात का क्या नतीजा रहा।''

मैंने मायूसी में कंधे झटके और उसके लौटने का इंतज़ार करने लगा। तान्ह शाम को छह बजे गया था और मैं रात दस बजे तक उसका इंतज़ार करता रहा, उसके लिए मन को दुख-सा हो रहा था। तान्ह का जीवन और भी उलझने वाला था, बेचारा तान्ह...

वह रात को दस बजे वापिस आया तो उसका चेहरा जगमगा रहा था। उसने मेरी पीठ पर धौल जमाकर कहा कि मैं उसका पक्का दोस्त हूँ।

‘‘क्या तुमने उससे पूछा?’’ मैंने कहा।

‘‘उसने कहा कि वह सोच कर बताएगी। इसे तो एक तरह से ‘हाँ’ ही माना जाएगा ना,’’ तान्ह ने बताया।

‘‘नहीं, यह सच नहीं है। यह हम दोनों की बदकिस्मती है कि उसने मुझे भी यही जवाब दिया है,’’ मैं बोला।

तान्ह ने यूँ देखा मानो मैंने उसकी पीठ में छुरा घोंप दिया हो। उसके चेहरे के भाव जैसे कह रहे हों, ‘तू भी ना!’

हमने टैक्सी ली और झट से वू के घर पहुँचे। उसके ये गोलमोल जवाब हम दोनों पर ही भारी पड़ रहे थे और उस रात उसकी ओर से एक निश्चित जवाब मिले बिना हमें नींद नहीं आने वाली थी।

वू घर पर नहीं थी। मकानमालकिन बाहर ही मिल गई और बताया कि वू किसी भारतीय सज्जन के साथ थियेटर गई हुई है।

तान्ह ने मुझे हिकारत भरी निगाहों से देखा और बोला, ‘‘कभी किसी भारतीय पर भरोसा नहीं करना चाहिए।’’

मैंने जवाब दिया, ‘‘कभी किसी औरत पर भरोसा नहीं करना चाहिए।’’

मैंने रात को बारह बजे प्रवीण को जाकर जगाया। जब कभी रातों को नींद नहीं आती थी, तो मैं प्रवीण के पास चला जाता था। उसके पास सभी दुखों की दवा थी। उसने पिछले कई मौकों की तरह, उस दिन भी अलमारी से कोन्याक नामक शराब की बोतल निकाली। हम पीकर धुत्त हो गए।

तीन सप्ताह बाद तान्ह अपनी बहन के रेस्तराँ में हाथ बँटाने के लिए पेरिस चला गया। कुछ समय तक वू की भी कोई खबर नहीं मिली।

दो महीने बाद, प्रवीण ही खबर लाया कि तान्ह नहीं रहा। उसके पास

कोई जानकारी नहीं थी कि तान्ह की मौत कैसे हुई, वह इतना ही बता सका कि तान्ह किसी अज्ञात रोग से मरा। मैं यही सोच रहा था कि क्या इसका उसकी छाती में लगातार होने वाली टिक-टिक से कोई लेना-देना था या फिर उसकी ख़ुदकुशी वाली धमकियों में से कोई सच हो गई थी। बेशक, यह सब जानने का कभी कोई साधन नहीं मिलेगा। और मैं यह कभी नहीं जान सकूँगा कि मुझे तान्ह से कितनी नफ़रत थी या मुझे तान्ह से कितनी मुहब्बत थी, और क्या उसे पसंद और नापसंद करने के बीच कोई अंतर था?

कोपनहेगन से एक लड़की...

मैं नहीं जानता कि मुझे मिस वू से प्यार क्यों हुआ, शायद ऐसा इसलिए हुआ क्योंकि वह इस तरह किसी के प्यार में पड़ने की उम्र थी और वू उस तरह की लड़कियों में से थी जो बिना किसी कोशिश के आसानी से मुझे अपना गुलाम बना सकती थी; खूबसूरत, मृदृभाषी और विनीत।

उसे मेरे साथ हैम्पस्टेड हीथ और प्रिमरोज़ हिल की पहाड़ियों पर घूमने में बेहद आनंद आता। वह गर्मियों का मौसम था मीठी गंध वाली घास पर लेटना सुखद लगता था। हम पास-पास लेटकर, लड़कों को पतंग उड़ाते हुए निहारते। हमें कोई तंग नहीं करता था। वह मेरा हाथ थामे रखती। उस दिन उसे घर छोड़ने गया तो उसने मेरे लिए चाय बनाई।

हम एक साथ घूमने लगे थे। उसने कहा कि वह मुझे एक दोस्त, एक भाई (घातक शब्द!) की तरह मानती थी, और कई तरह के कामों के लिए मुझ पर ही निर्भर रहती थी। जब वह पंद्रह दिन के लिए बाहर गई तो मेरी हालत खराब हो गई, मैंने बहुत अकेलापन महसूस किया। वह बर्कशायर के एक खेत में कुछ दूसरी छात्राओं के साथ स्ट्रॉबेरी चुनने का काम करने गई थी। रविवार के दिन मैंने न्यूबरी के लिए गाड़ी ली और वहाँ से आगे किंटबरी गाँव जाने के लिए गाड़ी बदली—एक पुरानी सराय, इक्का-दुक्का दुकानें और बहुत सारे खेतों के बीच सुंदर-सी जगह। मेरे पास वू का पता था और सराय में भोजन करने के बाद मैं उसी खेत पर जा पहुँचा, जहाँ वह अपने साथियों के साथ काम कर रही थी। गर्मियों का खूबसूरत दिन था और मेरे लिए वह अंग्रेज़ी देहाती इलाके की पहली सैर थी।

उसे देखकर मुझे अपनी मनपसंद कहानी, 'एलेक्ज़ेंडर' और 'अंकल सिलास के किस्सों', के लेखक एच.ई. बेट की याद आ गई। हालाँकि सारे लंदन की सैर कर चुका था पर यह अलग ही बात थी और ऐसा लगने लगा कि काश मैंने लंदन शहर की बजाय देहाती इलाके में ज़्यादा वक्त बिताया होता।

वू मुझे देखकर खुश हुई पर उसे अपने दोस्तों के बीच भी बहुत मज़ा आ रहा था—वे खिले चेहरों वाली, सेहतमंद स्कूली अंग्रेज़ लड़कियाँ—बेशक वे सब खेतों से स्ट्रॉबेरी चुनने का भरपूर लुत्फ़ ले रही थीं। मेरे हिसाब से तो कॉलेज और होस्टल की फ़ीस जमा करने के लिए अतिरिक्त कमाई का इससे बेहतर विकल्प हो ही नहीं सकता था। मैं अकेला ही किंटबरी लौटा और देर रात चारिंग क्रॉस स्टेशन पहुँचा। नए बने छोटे थियेटरों में कार्टून शो देखते हुए एक घंटा बिताया, स्टेशन की कॉफ़ी और सैंडविच का स्वाद लिया और फिर आखिरी गाड़ी से स्विस कॉटेज लौट आया।

जब वू लंदन वापिस आई तो मैंने उससे पूछा कि क्या वह मुझसे शादी करना चाहेगी। जैसा कि आप जानते हैं, उसने हामी नहीं भरी थी और न ही मना किया था। न ही उसने मुझसे पूछा कि क्या मेरे लिए कोई संभावना थी क्योंकि ऐसे कोई आसार नहीं थे। पर उसने इतना तो कहा था कि वह अपने माता-पिता से बात करेगी जो उत्तरी वियतनाम के हाईफोंग इलाके में रहते थे। पिछले कुछ माह से उनकी कोई खोज-खबर नहीं आ रही थी। वियतनाम की जंग तब चालू ही हुई थी और लंबे समय तक जारी रहने वाली थी।

मुझे धीरज रखना था, शायद लंबे समय तक अपना धीरज बनाए रखना था। बेशक उसने तान्ह के प्रस्ताव पर भी यही जवाब दिया और हमारे लिए बड़ी उलझन का सबब पैदा कर दिया। जब हम मिलने गए तो वह हमें मिल ही नहीं सकी।

कुछ समय बाद मुझे तान्ह की मौत के बारे में पता चला और अचानक वू प्रकट हुई और मुझे उला से मिलवाया, वह सोलह साल की डेनिश लड़की थी जो इंग्लैंड में छुट्टियाँ मनाने आई थी।

वू ने कहा, ''मेहरबानी करके, कुछ दिन इसका ख़याल रखना। यह लंदन में किसी को नहीं जानती।''

''पर मैं तो तुम्हारा ख़याल रखना चाहता था,'' मैंने विरोध किया। वह उस लड़की को मुझ पर क्यों थोप रही थी? क्या यह हो सकता था कि वह मुझसे जान छुड़ाने के लिए उस लड़की की आड़ ले रही हो?

वू ने हल्के सुनहरे बालों वाली गोरी छोकरी को मेरी ओर धकेला, ''ये उला है। बाय! कोई शरारत मत करना, समझे?''

वू ओझल हो गई और मैं चारिंग क्रॉस के भूमिगत स्टेशन पर उला के साथ अकेला रह गया। उसने मुझे देखकर दाँत निपोरे तो मैं भी मुस्कुरा दिया।

उसकी आँखें नीली और प्यारी थीं। स्कैंडिनेवियाई लड़की होने के हिसाब से वह छोटी थी, बमुश्किल मेरे कंधों तक आ रही थी। उसका शरीर छरहरा और सपाट था। उसके हाथ में छोटा-सा सफ़री बैग था। इस तरह मुझे कुछ करने का बहाना सूझ गया।

''बेहतर होगा कि इस बैग को कहीं रखवा दें,'' मैंने उससे बैग लेते हुए कहा।

उस बैग को अमानती घर में रखवाने के बाद, हम एक-दूसरे को देखकर मुस्कुराते हुए फुटपाथ पर आ गए।

मैंने कहा, ''बोलो उला, लंदन में कितने दिन हो?''

''बस दो दिन, फिर मुझे कोपनहेगन वापिस जाना है।''

''बढ़िया, तुम क्या करना चाहोगी?''

''कुछ खाना है। बड़ी भूख लगी है।''

मुझे भूख नहीं थी पर अक्सर खाने पर दो अजनबियों को खुलने का अच्छा मौका मिलता है। हम फिज़रॉय स्क्वेयर के पास बने एक भारतीय रेस्तराँ में चले गए और संतरी रंग की हैदराबादी चिकन करी खाकर अपनी जुबान जला ली। उसे शांत करने के लिए कोयकोट्टै (तमिल व्यंजन) खाना पड़ा।

''तुम कोपनहेगन में क्या करती हो?'' मैंने पूछा।

''मैं स्कूल जाती हूँ। अगले साल यूनिवर्सिटी जाना है।''

''और तुम्हारे माता-पिता?''

''उनकी किताबों की दुकान है।''

''अरे वाह! तब तो तुम बहुत पढ़ती होगी।''

''अरे ? नहीं। मुझे पढ़ने का इतना शौक नहीं है। मैं एक जगह पर लंबे समय तक टिक कर नहीं बैठ सकती। मुझे तैरना, टेनिस खेलना और थियेटर देखना पसंद है।''

''पर थियेटर में भी तो बैठना पड़ता है ?''

''हम्म, पर वह अलग बात है।''

''तुम्हें बैठना बुरा नहीं लगता। बैठकर पढ़ना बुरा लगता है।''

''बिलकुल ठीक कहा। पर अधिकतर डेनिश लड़कियाँ पढ़ना पसंद करती हैं—ये अंग्रेज़ लड़कियों से ज़्यादा पढ़ती हैं।''

''शायद तुम ठीक कह रही हो,'' मैंने कहा।

उन्हीं दिनों मैंने एक नौकरी से विदा ली थी इसलिए मुझे कुछ खास काम नहीं था, हमने ट्रफलगर स्क्वेयर में कबूतरों को दाना चुगाया। दोपहर को कॉफ़ी पीने के बाद थियेटर चले गए। उला ने टाइट जींस के साथ मोटे कपड़े का कोट पहना था और उसके पास ज्यादा कुछ सामान नहीं था। वह उन्हीं कपड़ों में थियेटर देखने गई। गलियारे में थोड़ी हलचल मची पर वह लोगों की तिरछी निगाहों से अनजान रही। उसने नाटक का भरपूर आनंद लिया, गलत जगहों पर ठहाके लगाए और तब तालियाँ बजाईं, जब कोई ऐसा नहीं कर रहा था।

लंच और थियेटर ने जेब ढीली कर दी थी इसलिए डिनर में छोटे से स्नैक बार में, टोस्ट पर बींस का डिनर ही करवा सका। उला का बैग लेने के बाद मैंने उसके आगे पेशकश रखी कि उसे वू के पास छोड़ देता हूँ।

वह बोली, ''वहाँ क्यों ? वू तो सो गई होगी।''

''हम्म, पर क्या तुम उसके पास नहीं ठहरीं ?''

''अरे, नहीं। उसने तो मुझसे पूछा भी नहीं।''

''तो तुम कहाँ ठहरी हो। तुम्हारा बाकी सामान किधर रखा है ?''

''कहीं नहीं ? मेरे पास तो यही सामान है,'' उसने ट्रैवल बैग की ओर इशारा करते हुए कहा।

''ओह, तो तुम पार्क की बेंच पर तो नहीं सो सकतीं। चलो, किसी होटल में कमरा दिलवा दूँ।''

''नहीं, मेरे पास तो कोपनहेगन लौटने लायक पैसे हैं,'' एक पल के

लिए उसका चेहरा मुरझा-सा गया। फिर अचानक मेरी बाँह में बाँह डाल कर बोली, ''मुझे पता है, मैं तुम्हारे साथ रहूँगी। तुम्हें कोई परेशानी तो नहीं?''

''नहीं, पर मेरी मकानमालकिन—'' फिर मैंने अपना वाक्य अधूरा ही छोड़ दिया। ऐसा बोलना झूठ होता। मेरी मकानमालकिन बड़ी दिलदार और खुले दिमाग वाली महिला थी, भला उन्हें क्यों एतराज़ होने लगा।

मैंने कहा, ''ठीक है, कोई बात नहीं, आ जाओ।''

जब हम स्विस कॉटेज में, मेरे घर पहुँचे तो उला ने अपना कोट उतार कर पटका और पूरी खिड़की खोल दी। गर्मियों की रात थी और खुली खिड़की से हनीसकल फूलों की गंध आने लगी। उसने जूते भी उतारे और कमरे में नंगे पाँव चक्कर लगाने लगी। उसके पैरों पर गाढ़े गुलाबी रंग का नेलपेंट लगा था।

वह बिस्तर में लेट कर बोली, ''तुम नहीं आ रहे?''

मैं उसके पास जाकर अडोल लेट गया और वह दिन में देखे हुए नाटक और इस देश में बने दोस्तों के बारे में बात करने लगी। जब मैंने लैंप बंद किया तो वह चुप हो गई। फिर बोली, ''मुझे नींद आ रही है। गुडनाइट।'' और फिर करवट लेकर झट से सो गई।

मैं उसके पास लेटा, कुछ देर जागता रहा और फिर मुझे भी नींद आ गई। सुबह आँख खुली तो खिड़की से सूरज झाँक रहा था। उला जागी तो तरोताज़ा और खुश दिखी। मैं नाश्ते की तैयारी में लग गया। उसने तीन अंडों के साथ बहुत सारा बेकन खाया और दो कप कॉफ़ी पी। वाकई उसे खुल कर भूख लगती थी।

''आज हम क्या करेंगे?'' उसकी नीली आँखें जगमगा रही थीं। ऐसा लग रहा था मानो किसी सियामी नस्ल की बिल्ली की आँखें हों।

''मुझे लाइब्रेरी जाना है,'' मैंने कहा।

''क्या तुम कल नहीं जा सकते, मेरे जाने के बाद?''

''अच्छा जैसा कहो।''

''हम्म, ऐसा ही करो।''

''ठीक है।''

और उसने मुझे झट से एक चुंबन दिया।

हम प्रिमरोज़ पहाड़ी पर जाकर, लड़कों को पतंगें उड़ाते देखते रहे। हम धूप में लेटे घास के तिनके चबाते रहे और फिर चिड़ियाघर चले गए, जहाँ उला ने बंदरों को खाना खिलाया। उसने बहुत सारी आईसक्रीम खाईं। हमने एक छोटे से ग्रीक रेस्तराँ में लंच किया और मैं वू को फ़ोन करना ही भूल गया। हम शाम को टहलते-टहलते, कॉमडेन टाऊन से होते हुए घर तक चले गए। रास्ते में बीयर पी, मछली और चिप्स के साथ बढ़िया और तैलीय भोजन किया। उस रात जल्दी लेट गए। उला को अगले दिन सुबह बोट-ट्रेन पकड़नी थी।

''आज का दिन बहुत अच्छा रहा,'' वह बोली।

''मैं तो ऐसा फिर से करना चाहूँगा।''

''पर कल तो मुझे जाना होगा।''

''हम्म, कल तुम्हें जाना होगा।''

उसने सिरहाने पर अपना सिर घुमाया और मेरी आँखों में ताकने लगी, मानो उनमें कुछ तलाशना चाहती हो। पता नहीं उसकी खोज पूरी हुई या नहीं पर वह आगे झुकी और मेरे होंठों को हौले से चूम लिया।

''मेरे लिए इतना कुछ किया, शुक्रिया,'' वह बोली।

''गुडनाइट, उला।''

अगली सुबह स्टेशन पर बहुत भीड़ थी और हम हाथों में हाथ थामे दमक रहे थे।

''वू को मेरा प्यार देना,'' वह बोली।

''ज़रूर, कह दूँगा।''

हमारे बीच कोई वादा नहीं हुआ—न खत लिखने का और न ही दोबारा मिलने का। जाने क्यों हमारा संबंध अपने-आप में भरा-पूरा महसूस हो रहा था, मेरा पूरा दिन खुशी के एहसास में ही बीता। ऐसा लगा कि सारा दिन उला साथ ही थी। जब उस रात बिस्तर के दूसरी ओर हाथ गया तब उसके जाने का ख़याल और यकीन हुआ कि वह वापिस जा चुकी थी।

पर मैंने उस पूरे गर्मी के मौसम में रात को खिड़की खुली रखी ताकि वही गंध कमरे में आती रहे जो उसके समय में मौजूद थी।

वू फिर से गायब हो गई थी। कुछ ही महीने बाद उसकी खबर मिली।

उसने पेरिस से पोस्टकार्ड भेजा था। जिसमें लिखा था कि वह अपनी बहन के पास थी और दोनों बहनें अपने माता-पिता से मिलने वियतनाम जाने वाली थीं।

मैंने उस पोस्टकार्ड को लंबे अरसे तक सँभाले रखा। उसकी मुहर पर, जॉन ऑफ़ ऑर्क की तस्वीर थी जो मिशेल मॉर्गन जैसी दिख रही थी, जैसी वह अपनी शुरुआती फ़िल्मों में दिखती थी।

जिस दिन पोस्टकार्ड मिला। उस दिन ऑफ़िस से छुट्टी ली और पब में जाकर बहुत सारी ब्रांडी पी। उनसे कोई फ़ायदा नहीं हुआ तो मैंने जमायका रम आज़माई और उसे लेकर वू और भी याद आने लगी, बेशक वह मुझे ज़िंदगी में दोबारा कभी नहीं दिखी।

देहरा वापसी

जर्सी में सारे जहाँ से कटकर अलग-थलग पड़े रहने के बाद लंदन तो ऐसा लगा जैसे आज़ादी नसीब हुई हो। थियेटर, किताबों की दुकानें, म्यूज़ियम, लायब्रेरी। इन सबकी वजह से मेरा स्वाध्याय का सिलसिला आगे बढ़ रहा था। एक बार भी मन में डिग्री पाने के लिये किसी कॉलेज में दाखिला लेने के बारे में मैंने गम्भीरता से नहीं सोचा। किसी भी सूरत में, न तो मेरे पास इतनी रकम का इंतज़ाम था और न ही ऐसा कोई था जो मेरा खर्च उठाता। बल्कि मुझे दुनिया के मज़दूरों की जमात में शामिल होना पड़ा। लेकिन केनसिंगटन गार्डन्स, रीजेंट पार्क, हैम्पस्टेड हीथ और प्रिमरोज़ हिल में मुझे खुली और हरियाली से भरी जगह मिल जाती थी, जिनकी मुझे ज़िन्दा रहने के लिए ज़रूरत थी। कई मायनों में लंदन एक हरा-भरा शहर था। ईस्ट एंड में तो, वास्तव में, मैं शब्दों की दुनिया से जुड़े मुकाम ढूँढने जाया करता था।

लेकिन मेरी ज़िन्दगी में कुछ ऐसा था जिसकी कमी अखर रही थी। वू फ़ुऔंग हवा के झोंके की तरह आई और चली गई जिसके नाम पर उसका नाम रखा गया था। और उसकी जगह लेने वाला कोई नहीं था।

मेरे देहरा वाले दोस्तों का लगाव, अपनापन और मस्ती के सुख, हिन्दुस्तान के रंग और वहाँ का माहौल, इस सबसे अपने जुड़ाव का एहसास—इसी सब की कमी सता रही थी मुझे।

हालाँकि मेरी परवरिश ही अंग्रेज़ी भाषा और उसके साहित्य से लगाव के माहौल में हुई थी और मेरे बाप-दादा ब्रिटिश थे लेकिन वास्तव में ब्रिटेन मेरी अपनी जगह नहीं थी। पिकडेली और लाइस्टर स्क्वेयर की रोशनियों, या फिर केंट के सेब बागान और बर्कशायर के स्ट्रॉबेरी के खेतों से मेरा कोई

वास्ता नहीं था। मेरा रिश्ता तो, पक्के तौर पर पीपल के पेड़ों और आम के बागों से था, हिन्दुस्तान भर में फैले अलसाये से छोटे शहरों से, तपती धूप से, मटमैली नहरों से, गेंदे की तीखी गंध, मेरे घर के आस-पास की पहाड़ियों, मसालों की महक, गर्मी में बारिश से भीगी ज़मीन की महक, फूटती निंबौरी, खिलखिलाते साँवले चेहरों और इंसानी रिश्तों की अन्तरंगता से था।

इंसानी रिश्ते! सबसे ज्यादा तो मुझे इन्हीं की कमी खलती थी। जिस दफ़्तर में काम करता था, वहाँ उनका नामोनिशान नहीं था, न ही मेरी मकान-मालकिन के घर में और न ही उन तमाम जानकार-समझदार लोगों के समाज में था जिनसे मैंने खुद को जोड़ रखा था और न ही उन मयखानों में जहाँ मैं कभी-कभी भूला-भटका पहुँच जाया करता था। गलतफ़हमी के डर के बिना किसी को छू लेने की आज़ादी, लालसा से नहीं लगाव के साथ किसी का हाथ पकड़ लेने की छूट, या फिर किसी की तमन्ना जान लेने की खातिर और तसल्ली के लिये। खुद को गैर महसूस किए बिना अजनबी लोगों के बीच होने के लिए। क्योंकि हिन्दुस्तान में कोई अजनबी नहीं होता!

मैं चार सालों से हिन्दुस्तान से दूर था, लेकिन अपनेपन के तार बिलकुल पहले की तरह ही जुड़े थे और वापस लौटने की चाहत कभी कम नहीं हुई थी।

मैं हिन्दुस्तान जाने के बाद रोज़गार के लिए क्या करूँगा यह खुद मेरे लिए भी एक पहेली जैसा था। ऐसा तो होता नहीं है कि आप रोज़गार के दफ़्तर में घुस जाएँ और वहाँ आपको नौकरी तैयार मिल जाए। ऐसी कोई काबलियत नहीं थी मेरे पास। लिखने के सिवा मैं कुछ कर नहीं सकता था और इस काम में भी फ़िलहाल नया-नवेला था। अगर मैं खुद को बिना नौकरी किए पत्र-पत्रिकाओं के लिए लिखने वाले लेखक के तौर पर पेश करूँ और काम के लिए देश की हरेक मैग्ज़ीन के दफ़्तर पर धावा बोल दूँ, तो शायद गुज़ारे भर का कमा सकूँ। उस समय यही कोई आधा दर्जन अंग्रेज़ी की मैग्ज़ीन रही होंगी पूरे हिन्दुस्तान में, और अंग्रेज़ों के दौर के स्कूल-कॉलेज की किताबें छापने वालों के सिवा दूसरे प्रकाशक नहीं ही थे। इसमें कोई शक नहीं कि ज्यादा कुछ नहीं हो सकता था लेकिन इससे मैं बिलकुल भी नहीं घबरा रहा था। मुझे खुद पर पूरा ऐतबार था, शायद कुछ ज्यादा ही और हिम्मत बहुत थी। एक बात मैं हमेशा खुद से दोहराता था—'कभी मायूस मत हो। और

अगर हो भी जाओ, तो मायूसी के बावजूद काम में जुटे रहो।' और ज़ाहिर है, जवानी में जो उम्मीदें होती हैं, वे तो थी हीं।

उधर डोना स्टीफ़ेन और एंटनी डल मुझसे लगातार यही कह रहे थे कि एक दिन मेरी किताब ज़रूर छापेंगे। आखिर मैं भी अड़ गया, उपन्यास पर और काम करने से इनकार कर दिया। उनसे पचास पाउंड पेशगी वसूल कर ली, क्योंकि उन दिनों आमतौर पर पेशगी में इतनी ही रकम मिलती थी। इस शाही रकम में से मैंने एस. एस. बतौरी नाम के जहाज़ से बंबई जाने का टिकट खरीदा। पोलैंड का यह यात्री-जहाज़ भी कभी आलीशान हुआ करता था। अब मेरे पास उस कहानी की रकम बची थी जो मैंने बीबीसी को बेची थी और कुछ फ़ोटैक्स की तनख़्वाह से बचाई हुई रकम थी, जिससे मैंने अच्छा सा सूटकेस खरीदा और घर ले जाने के लिए कुछ तोहफ़े।

चलने से पहले मैं बहुतों से तो अलविदा भी कहने नहीं गया—सिर्फ़ अपने दफ़्तर वालों से मिला, जिन्होंने माना कि मैं और मेरा स्कॉटलैंड के मशहूर कॉलेडियन-गायक सर हैरी लॉडर की नकल उतारना उन्हें याद आएगा। और अपनी मकान मालकिन से मिला, जिन्हें अपनी गायकी के लिए मशहूर अमरीकी अदाकारा अर्था किट के रिकॉर्ड दिए—और अक्तूबर की शुरुआत में एक सर्द सुबह तख़्तों से बने गलियारे पर कदम बढ़ाता बतौरी पर चढ़ गया।

जल्दी ही हम गुनगुने मेडिटेरेनियन सी यानी भूमध्यसागर तक पहुँच गए और कुछ ही दिनों बाद और भी गर्माहट भरी रेड सी यानी लाल सागर में। गर्मी बढ़ने के साथ मज़ा आने लगा। लेकिन बतौरी अजीब जहाज़ था। लोग उसे मनहूस बताते थे। कुछ महीने पहले उसके पोलिश जहाज़ियों ने ब्रिटेन में राजनैतिक शरण ली थी। और अब जब हम स्वेज़ कैनाल से गुज़र रहे थे, तब एक जहाज़ी ने पानी में छलांग लगा दी और फिर नज़र ही नहीं आया। उम्मीद है कि तैर कर किनारे लग गया होगा।

फिर, जब हम अरब सागर में पहुँचे, हमें आधी रात को अपने बिस्तरों से निकलना पड़ा क्योंकि जहाज़ की खतरे की घंटियाँ घनघनाने लगी थीं और हमें लगा कि बतौरी डूबने वाला है। क्योंकि डूबते जहाज़ से बचने के लिए नावें कैसे इस्तेमाल करनी हैं, इस बारे में कोई तैयारी नहीं करवाई गई थी और न ही किसी को इस बात का अन्दाज़ा था कि लाइफ़बैल्ट कैसे बाँधनी चाहिए,

इसलिए लोगों में कुछ घबराहट थी। चीख-पुकार मची थी—'जहाज़ को छोड़ो!' 'कोई पानी में गिर गया है!' और 'पहले औरतें और बच्चे!'—लेकिन औरतों-बच्चों को पहले मौका मिल रहा हो, ऐसा कुछ नज़र नहीं आ रहा था। कुछ भी समझ में नहीं आ रहा था। आखिरकार बात खुली तो पता चला कि पोलैंड की वोदका कुछ ज़्यादा चढ़ाकर टल्ली हुआ एक मुसाफ़िर वाकई में पानी में गिर गया था। एक लाइफ़बोट उतारी गई और जहाज़ एक जगह ठहर कर हिचकोले खाता रहा। लेकिन मुसाफ़िर को बचाया जा सका या नहीं, यह हमें नहीं बताया गया। और न ही मुझे यह पता चला कि वह कौन था, या कौन थी। जो भी हादसा हुआ था, उसे अंधेरे और समन्दर का हद से ज़्यादा फैलाव निगल गया।

बतौरी की दर्द भरी दास्तान अभी खत्म नहीं हुई थी।

ज्यों ही जहाज़ बंबई के बैलार्ड पीयर से लगा, उसके माल रखने वाले हिस्से में आग लग गई। ज़्यादातर मुसाफ़िरों का भारी सामान जल कर खाक हो गया। किस्मत से मेरा सूटकेस और टाइपराइटर मेरे साथ थे, मैं उन्हें सारे रास्ते सीने से चिपटाए विक्टोरिया टर्मिनस तक और फिर वहाँ से देहरादून तक ले गया। मुझे पता था कि अब कुछ समय तक नए कपड़े और नया टाइपराइटर खरीदने की नौबत नहीं आने वाली थी।

जब ट्रेन देहरा पहुँची तो मैंने पाया कि देविंदर मेरा इंतज़ार कर रहा था। सोमी और रनबीर कलकत्ता चले गए थे।

देविंदर अपनी साइकिल से आया था। वह उन दिनों एक चाय बागान में काम करने वाले के घर के आउटहाउस में रह रहा था।

मैं देविंदर की साइकिल के डंडे पर बैठ गया और वह बड़ी शान से साइकिल चलाता उसी शहर के जाने-पहचाने रास्तों से मुझे अपने घर ले गया, जिसने मेरी ज़िन्दगी को ढालकर एक शक्ल दी थी।

ओडियन सिनेमा में बोगार्ट की एक पुरानी फ़िल्म चल रही थी। सड़क के किनारे छोटी-छोटी खाने-पीने की दुकानें खुली थीं। बोगनविलिया रंग बिखेर रहे थे। अमराई से आम की बौर की मीठी-मीठी महक आ रही थी। देविंदर बातें किए जा रहा था। और लड़कियाँ पहले से भी ज़्यादा सुन्दर-सलोनी लग रही थीं।

उस साल मैं चौबीस साल का हुआ था।

पहले जैसा मान

तेज़ी से बदलाव है, इस जीवन का नाम।
किस्मत है मिल जाये जो, ऊँचा कोई मुकाम॥
पर ज्यों छूटे हाथ से, शोहरत की लगाम।
धूल चाटें महाबली, होवै काम-तमाम॥

इंग्लैंड से वापस लौटने के कुछ ही समय बाद, मैं एक दिन अपने पुराने शहर देहरा की मुख्य सड़क पर पैदल चला जा रहा था, दुकानों और आने-जाने वालों को ग़ौर से देखता हुआ, यह देखने के लिए कि मेरी ग़ैर-मौजूदगी में क्या कुछ बदला है। मैं तीन साल बाहर था। जब मैं विलायत गया, तब मैं बच्चा ही था और जब मैं औसत दर्जे की थोड़ी पढ़ाई-लिखाई करके लौटा ताकि मुझसे जलने वाले दोस्तों के आगे शान बघार सकूँ तब मैं इक्कीस का हो चुका था। लेकिन मैंने इन बरसों के दौरान देशनिकाले जैसे एहसास के साथ जो अकेलापन झेला उसका ज़िक्र किसी से नहीं किया, वरना वह दूर देश में मेरी पढ़ाई-लिखाई के रुआब में नहीं आते। मैं घंटाघर के करीब पहुँचने ही वाला था कि मुझे सामने से एक भिखारी आता दिखायी दिया। एक मायने में तो देहरा बिलकुल नहीं बदला था। पहले की तरह ही अब भी खूब सारे भिखारी थे, लेकिन एक बात मुझे माननी पड़ी कि अब वह पहले से ज़्यादा तंदुरुस्त लग रहे थे।

दूसरी तरफ़ से आ रहे भिखारी की बिखरी-सी दाढ़ी थी, आगे अंदर को घुसी हुई छाती और पीछे बाहर को निकला कूबड़ और लड़खड़ाते पैरों पर कई बैंगनी घाव थे जिनमें पस पड़ गया था। उसके कंधे ऐसे लग रहे थे,

जैसे कभी वह खूब ताकतवर रहे होंगे और वैसे ही उसके हाथ, जिनमें पकड़ा कटोरा उसने ठीक मेरे मुँह के आगे अड़ा दिया था, अब भी दमदार लग रहे थे।

उसकी हालत इतनी बुरी नहीं लग रही थी कि मुझे उस पर फ़ौरन दया आ जाती और मैं उसे कुछ दे देता। मैं उसकी ओर से मुँह फेर ही रहा था कि मुझे उसकी आँखों में वह चमक दिखाई दी जिससे मुझे लगा कि वह मुझे पहचानता है। मुझे वह कुछ जाना-पहचाना सा लगा। उसके चेहरे पर एक मुस्कान दौड़ गयी और हँसने से उसके कुछ टूटे-फूटे दाँत नज़र आये। मैंने उससे पीछा छुड़ाने के लिए जेब से एक सिक्का निकाला, उसके कटोरे में डाला और तेज़ कदमों से वहाँ से चल पड़ा।

मैं अभी यही कोई सौ गज़ के करीब चला था कि अचानक मुझे याद आ गया कि वह भिखारी कौन है। वह मेरा बचपन का हीरो हसन था, पूरे ज़िले का सबसे जानदार और शानदार पहलवान।

मैं उसी पल उलटे पाँव लौट पड़ा और कहीं मेरे मन में यह बात आ गयी थी कि शायद आज वह मेरे हाथ नहीं आएगा और यही हुआ भी—मैंने उसे ढूँढने की कोशिश तो की लेकिन वह पहले ही बाज़ार की भीड़ में कहीं खो चुका था। कोई बात नहीं, वह एक-दो दिन में ही बाज़ार में फिर कहीं टकराएगा, मुझे इस बात पर ज़रा भी शक नहीं था। यह सोचकर, सड़क छोड़ मैं नगरपालिका वाले पार्क में चला गया और फ़रवरी की गुनगुनी धूप का मज़ा लेने के लिए नयी-नर्म घास पर पसर कर खुद को बीते दिनों की यादों के हवाले कर दिया। मुझे याद आ रहा था वह दौर जब मैं दस साल का था—खूब चुस्त-दुरुस्त तन और उमंगों से भरा मन—और तब तक ज़िंदगी के इस अजब-अनोखे खेल में नाउम्मीदी की कड़ुवाहट और बदहाली से मेरा वास्ता नहीं पड़ा था।

उन अनमोल दिनों में जब बिना किसी को बताये मैं स्कूल से भाग जाया करता था—और, अब मुझे लगता है कि अगर मैं स्कूल से और ज्यादा नदारद रहता तो और भी बहुत कुछ सीख जाता—मैं स्कूल के समय में अक्सर बाग के एक कोने में बने अखाड़े में चला जाया करता था। वहाँ पहलवानों के दंगल और उनके दांव-पेंच देखा करता था। अखाड़े की मुंडेर पर कोहनियाँ जमाकर

मैं चेहरे को दोनों हथेलियों के बीच टिकाकर पहलवानों की मांस-पेशियों को फड़कते देखता और जब कभी कोई पहलवान कोई खास दांव लगाता या सामने वाले को चित कर देता, तो दूसरे तमाशबीनों के साथ मैं भी उसे सराहता।

नौजवान पहलवानों में सबसे ज़ोरदार और दिलचस्प था—हसन; पतंग वाले का बेटा। उसके बदन की बनावट शानदार थी—खूब चौड़े मज़बूत कंधे और ताकतवर टाँगें। हुनर और होशियारी में रह जाने वाली कमी की भरपाई करता था वह अपनी ताकत और जोश से। हर लड़का उसका मुरीद था और शारीरिक ताकत की मूर्ति की तरह उसे पूजते थे। तमाम लड़कों का ध्यान होता था उस पर और वह मुझे कुछ ज्यादा चाहता था। वह मुझे अपने कंधों पर उठाकर अखाड़े में घुमाने और अपने दोस्तों और साथी पहलवानों से मिलवाने के लिए हमेशा तैयार रहता था।

देहरा के सारे पहलवानों पर जीत दर्ज करने के बाद, हसन जल्दी ही सारे ज़िले में अपने फ़न का माहिर माना जाने लगा। उसके दांव-पेच में सुधार आया और वह सिर्फ़ ताकत और दम-खम के दिखावे की बजाय अक्ल से भी काम लेने लगा। हर कोई कहता कि वह एक-न-एक दिन देश का अव्वल नम्बर का पहलवान—राष्ट्रीय विजेता बनेगा।

लेकिन बारिश के मौसम के बाद लगने वाले उस बड़े मेले में ऐसा कुछ हुआ जिसकी वजह से उसकी ज़िंदगी बदल गयी। कहीं की रानी मेले में आयी और दंगल देखने के लिए ठहर गयी। जब उसने हसन को सिर्फ़ लंगोट पहने अखाड़े में देखा, तो वह उसमें कुछ ज्यादा ही दिलचस्पी लेने लगी। कहा जाता है कि वह मर्दों में कुछ ज्यादा ही दिलचस्पी लेती थी, उनके साथ रिश्तों को लेकर सामाजिक तौर-तरीकों की परवाह नहीं करती थी। कमज़ोर और बीमार पति से उसे कैसे तसल्ली होती। हसन की गज़ब की मर्दानगी की कायल होकर उसने अपना एक आदमी भेजकर हसन से हर वक़्त साथ रहने वाला अंगरक्षक बनने की पेशकश की।

रानी के पास धन-दौलत की तो कोई कमी थी नहीं और चालीस बसंत देखने के बावजूद उसमें खूबसूरती और कशिश की कमी नहीं थी। जैसा वह चाहती थी हसन के लिए वैसा करना बिलकुल भी मुश्किल नहीं था। इसलिए

कुल मिलाकर वह उसकी सेवा में काफ़ी खुश था। यह बात और है कि वह अब पहले के मुकाबले कुश्ती बहुत कम लड़ता था, लेकिन जब कभी वह अखाड़े में किसी दूसरे पहलवान के आगे ताल ठोकता, तो उसके डील-डौल और साख की वजह से उसका सामना करने के लिए आये पहलवान की हिम्मत पस्त हो जाती थी और वह ज़्यादा देर उसके आगे टिक नहीं पाता था। एक-दो जाने-माने पहलवानों को अपने ज़िले में बुलाया गया। रानी ने उन्हें दिल खोलकर रुपया दिया और बदले में उन्होंने हसन की मार झेली, हसन ने उन्हें अखाड़े के घेरे से बाहर फेंका वह भी उन्होंने बर्दाश्त किया। रानी के घर में ज़िंदगी बड़े मज़े में कट रही थी और सीधे-सरल हसन को लगता था कि आगे भी सब कुछ अच्छा रहेगा। इस बात के लिए रानी की तारीफ़ करनी चाहिए और हसन की भी कि रानी का मन जितनी जल्दी दूसरों से ऊब जाया करता था, वैसे हसन से नहीं ऊबा।

लेकिन रानी हो या धोबन, अमृत पीकर तो कोई पैदा नहीं होता और जब बहुत दिनों से परेशान कर रही एक बीमारी ने खुलकर असर दिखाया, तो रानी की सारी खूबसूरती जाती रही। रानी ने भी बीमारी से लड़ने की बजाय कभी हसीन रहे अपने बदन को मर्ज़ के हवाले कर दिया।

यह कहना भी ठीक नहीं होगा कि रानी की मौत से हसन का दिल टूट गया। वह कोई दिली रिश्ते बनाने वाला जज़्बाती आदमी नहीं था। हालाँकि दूसरों की हमदर्दी बटोरने को वह बटोर सकता था, लेकिन उसके मन में दूसरों के लिए हमदर्दी कम ही थी।

उसने रानी की खूब खिदमत की और रानी के मरने के बाद उसे सबसे ज़्यादा इसी बात का एहसास था कि उसके पास अब न नौकरी है और न पैसे। राजा के पास मन बहलाने के अपने अलग साधन थे और उसे ऐसे पहलवान की ज़रूरत नहीं थी, जिसका पेट थुलथुल हो रहा हो।

वक्त बदल चुका था। हसन के अब्बू भी नहीं रहे थे, इसलिए अब रोज़ी-रोटी के लिए पतंग बनाने का धंधा भी नहीं किया जा सकता था, इसलिए हसन ने वही करने की सोची जो वह अब तक करता आया था—यानी पहलवानी। लेकिन अखाड़े से कमाई तो कुछ होती नहीं। सिर्फ़ पेशेवर पहलवानों के

मुकाबलों में जीने लायक ठीक-ठाक रकम मिल सकती थी। इसलिए, जब शहर-शहर घूमकर दंगल दिखाने वाले पेशेवर पहलवान वहाँ आये—जिनमें एक नीग्रो, एक रूसी, एक औरतों जैसा नाजुक लगने वाला चीनी और एक दैत्य जैसे डीलडौल वाला सिख थे—और उन्होंने ऐलान किया कि उन्हें चुनौती देने वाला उनमें से किसी एक के साथ भी मुकाबले में पाँच मिनट टिक जाएगा तो उसे इनाम में सौ रुपये मिलेंगे और काम के लिए करार किया जाएगा, तो हसन चुनौती के लिए तैयार हो गया।

उसका मुकाबला रूसी के साथ हुआ, जो आदमी कम, बड़ा-सा भालू ज्यादा लगता था। आँखों पर काला नकाब डाले रखता था और उसके साथ रिंग में बमुश्किल दो मिनट हुए होंगे कि देहरा में हसन के चाहने वाले देखते रहे और उनके चहेते सूरमा को मुकाबले के घेरे में इधर से उधर उठा-उठा कर पटका गया। सिर और जाँघ में चोटें आयीं और आखिर में बड़ी बेरुखी से मुकाबले के घेरे की रस्सी के बाहर फेंक दिया गया।

इस तरह साख पर बट्टा लगने के बाद हसन ने फिर कभी पहलवानी के मुकाबले में हिस्सा नहीं लिया। कभी-कभी वह मुझे अखाड़े में दिखाई दे जाता था, जहाँ बच्चों को कुछ दांव-पेंच सिखाकर वह कुछ रुपये कमा लिया करता था। उसकी तोंद निकल आयी थी, ठोड़ी और गर्दन के बीच चर्बी जमा होने से झोल आने लगा था। मैं भी अब कोई बच्चा नहीं रह गया था, लेकिन वह अब भी मुझे देखकर पहले की तरह ही मुस्कुराता और पीठ ठोंक कर हालचाल पूछता था।

मुझे याद है कि विदेश के लिए रवाना होने से कुछ दिन पहले मैंने उसे देखा था। वह भारी कदमों से अखाड़े के इर्द-गिर्द घूम रहा था। जिसकी वजह से वह जीत दर्ज करने में कामयाब रहता था, अपनी उस बिजली-सी फुर्ती को वह गंवा चुका था।

सूखे जो सम्मान की माला

मान रहे न पहले वाला...

यह बात है चार साल पहले की। हसन को भीख माँगनी पड़ रही थी, यह बात वक्त के बीतने और बदलने दोनों के बारे में सोचने को मजबूर कर रही

थी। पचास साल पहले लोग अपने चहेते पहलवान को कभी गरीबी, बदहाली और बेरुखी का शिकार नहीं होने देते थे। उसके पुराने चाहने वाले उसके खाने का इंतज़ाम करते और उसकी दिलेरी के किस्से गढ़कर सुनाते। उसे यूँ भुला नहीं दिया जाता। लेकिन सुकून से जीने का वह अलग ही दौर था, जिसमें समाज में हरेक की अपनी जगह होती थी और किसी शख़्स की गुज़रे ज़माने की कामयाबी का ताउम्र ज़िक्र किया जाता था। नाकामियों को बर्दाश्त किया जाता था, उन्हें माफ़ कर दिया जाता था। लेकिन अब ज़िंदगी तेज़-रफ़्तार और क्रूर हो गयी थी और किसी को किसी की परवाह नहीं रही थी। अब लोग अपने फ़ायदे की बात सोचने में इतने डूबे रहते हैं कि जिनकी वह पहले कभी पूजा करते थे, अब उनके बारे में सोचने का भी वक्त नहीं निकाला जाता।

आखिरी बार हसन को माँगने के लिए हाथ फैलाये देखने के कुछ दिनों बाद मैंने देखा कि घंटाघर से कुछ ही दूर पर सड़क के किनारे कुछ लोगों ने भीड़ लगा रखी थी। वह नाले में किसी चीज़ की तरफ़ चुपचाप देखे जा रहे थे और साथ ही जानबूझ कर उससे दूरी भी बनाये हुए थे। मैं भी वहाँ जुटे लोगों में शामिल हो गया तो पता चला कि दूर ही दूर से वह जिस पर ध्यान दे रहे थे वह औंधे मुँह पड़ी एक लाश थी, जिसका सिर सड़क किनारे वाले नाले के ढके वाले हिस्से में था जबकि बाकी धड़ खुले हिस्से में। ऐसा लग रहा था जैसे वह आदमी मरने के इरादे से ही रेंगकर नाले में गया था और उसने ढके वाले हिस्से में सिर इसलिए डाला ताकि दुनिया आखिरी पलों में उसकी उस जद्दोजहद को न देख सके जिसे बेकार ही साबित होना था।

नगरपालिका के कर्मचारी जब अपनी गाड़ी में आये और उन्होंने लाश को गटर में से बाहर निकाला तो तेज़ भिनभिनाहट से छेड़ने पर नाराज़गी जताती घरेलू और नीली मक्खियों का पूरा बादल-सा उठा लाश से। चेहरा कीचड़ से सना था, लेकिन मैं उस भीख माँगने वाले को पहचान गया जो कि हसन था।

एक तरह से, यह सोचकर तसल्ली होती है कि उसे भुला दिया गया और वहाँ मौजूद लोगों में से कोई उस आदमी के शरीर को पहचान नहीं पाया जो कभी किसी जवान और ताकतवर देवता से कम नहीं लगता था। मैं जानबूझ कर शिनाख्त करने से पीछे हट गया। ऐसा करके शायद मैंने हसन को कम-से-कम आखिर में ज़िल्लत से बचा लिया।

शामली में ठहरा हुआ वक्त

अक्सर देहरा एक्सप्रेस गाड़ी शामली स्टेशन पर सुबह पाँच बजे के करीब पहुँचती, जब स्टेशन पर नीम अंधेरा रहता और पटरी के उस ओर का जंगल हल्का-हल्का दिखाई देने लगता। शामली शिवालिक की पहाड़ियों में बसा छोटा-सा स्टेशन था, जो हिमालय की तलहटी में पड़ता था।

स्टेशन पर एक ही प्लेटफ़ॉर्म था, स्टेशनमास्टर के लिए एक कार्यालय और एक प्रतीक्षा-कक्ष। इसके अलावा प्लेटफ़ॉर्म को एक टी-स्टॉल, फलों की दुकान और कुछ आवारा कुत्तों का भी साथ मिला हुआ था। इससे ज्यादा की ज़रूरत भी तो नहीं थी क्योंकि रेलगाड़ी स्टेशन पर बस पाँच मिनट ठहरती थी और इसके बाद जंगलों की ओर चल देती।

मैं कभी नहीं जान सका कि यह शामली में रुकती ही क्यों थी? न तो गाड़ी पर कोई चढ़ता था और न ही गाड़ी से कोई उतरता था। कभी कुली भी नहीं देखे पर गाड़ी पूरे पाँच मिनट तक ठहरती और जब गार्ड सीटी दे देता तो शामली को पल भर में भुला कर, आगे की यात्रा जारी हो जाती...जब तक दोबारा वहाँ से न गुज़रना हो, शामली की कभी याद नहीं आती थी। मैं दिल्ली से आते-जाते, कई बार इससे होकर गुज़रा, पर कभी इसके बारे में कुछ सोचा ही नहीं।

मैं लंदन से देहरा वापसी के बाद, किसी काम से दिल्ली गया था। जब वापिस आ रहा था तो रात की गाड़ी शामली स्टेशन पर आकर रुकी।

मौका ऐसा बना कि ज्यों ही शामली आया, मैं एक बेचैनी से भरी नींद से जगा था। तीसरे दर्जे के डिब्बे में उसकी क्षमता से कहीं ज्यादा भीड़ थी

और मैं शौचालय के दरवाज़े से पीठ टिकाए सीधी मुद्रा में नींद ले रहा था। अब कोई शौचालय में जाने की कोशिश में था और देखकर लग रहा था कि उसके पास ज्यादा समय नहीं बचा था।

मैंने अपनी ओर से भरसक एक ओर होते हुए कहा, ''माफ़ करना, भाई!''

वह हड़बड़ा कर शौचालय में घुस गया और दरवाज़ा बंद करने की भी ज़रूरत नहीं समझी।

मैंने अपने पीछे बैठे आदमी से पूछा, ''हम कहाँ आ गए हैं ?'' वह बड़ी ही तीखी गंध वाली बीड़ी फूँक रहा था।

उसने खिड़की के ओस जमे काँच को अपने सख्त घट्टों वाली खुरदुरी हथेली से पोंछते हुए कहा, ''शामली स्टेशन आ गया।''

मैंने खिड़की से नीचे की ओर अपना सिर बाहर निकाल दिया। प्लेटफ़ॉर्म पर बड़ी ठंडी मस्त हवा चल रही थी, ऐसी हवा जो अक्सर पहाड़ों में पतझड़ के आने की सुगबुगाहट होती है। हमेशा की तरह, कोई चहल-पहल नहीं थी। बस फलवाला जाग गया था और अपने सिर पर आमों की टोकरी का भार साधे गाड़ी के एक से दूसरे छोर की ओर जा रहा था। चाय के खोखे पर केतली में पानी खदबदा रहा था पर उसे देखने वाला कोई नहीं था। मैंने खिड़की की मुंडेर पर सिर टिका दिया और ठंडी हवा को अपनी कनपटियों से खेलने की इजाज़त दे दी। तबीयत थोड़ी ढीली लग रही थी पर उस हवा में ऐसी मिठास थी जिसने मेरे मन को सहला दिया।

मैंने खुद से कहा, ''हम्म, सोच रहा हूँ कि शामली में स्टेशन की इन दीवारों से परे क्या होता होगा ?''

मेरे साथी ने मुझे बीड़ी देने की पेशकश की। शायद वह कोई किसान था, जो देहरा वापिस जा रहा था। उसके चेहरे पर लंबी बेतरतीब सी मूँछ थी।

हमें उस जगह पर पाँच मिनट से ज्यादा हो गए थे। मैंने चारों ओर देखा, पर कोई भी गाड़ी से चढ़ता या उतरता नहीं दिखा। अचानक गार्ड हमारे डिब्बे के पास से निकला।

मैंने उससे पूछा, ''ये देरी क्यों हो रही है ?''

''आगे लाइन में कुछ गड़बड़ है,'' उसने जवाब दिया।

''क्या हम यहाँ लम्बे समय तक ठहरेंगे?''

''मुझे पता नहीं, क्या दिक्कत है पर कम-से-कम आधा घंटा तो लगेगा ही।''

मेरे पड़ोसी ने कंधे उचकाए, बची हुई बीड़ी खिड़की से बाहर फेंक कर आँखें बंद कीं और गहरी नींद में चला गया। मैं अपनी जगह कसमसाता रहा; शौचालय वाला आदमी भी बाहर आ गया। उसके चेहरे पर काफ़ी सुकून दिखा। मैंने उसके लिए दरवाज़ा बंद कर दिया।

मैंने उठकर अपने शरीर को खिंचाव देते हुए अंगड़ाई ली और ऐसा लगा मानो हाथों-पैरों की जकड़न खुलते ही दिमाग भी खुल गया हो और मैं सोचने लगा, 'मुझे देहरा जाने की कोई जल्दी नहीं और मैं हमेशा से ही देखना चाहता था कि स्टेशन से परे, शामली नाम की जगह कैसी दिखती है। अगर यहीं उतर जाऊँ तो पूरा दिन बिताया जा सकता है। यह पूरे एक घंटे तक यहीं इंतज़ार करने से तो कहीं बेहतर होगा। इसके बाद शाम को कोई दूसरी गाड़ी पकड़ कर वापिस घर जाया जा सकता है।'

उन दिनों मुझमें इतना धीरज नहीं था कि किसी भी बात के बारे में दूसरी बार विचार किया जाए, इसलिए मैं सीट के नीचे रखा छोटा सूटकेस बाहर निकालने लगा।

किसान जाग गया और बोला, ''क्या कर रहा है, भाई?''

''मैं यहीं उतर रहा हूँ,'' मैंने कहा।

वह फिर से सो गया।

मुझे दरवाज़े तक जाने में ही कम-से-कम पंद्रह मिनट लग जाते, क्योंकि लोगों ने रास्ते को बुरी तरह से जाम कर दिया था। इसलिए, मैंने खिड़की से ही सूटकेस को बाहर निकाला और उसी रास्ते बाहर निकल गया।

बाहर कोई टिकट देखने वाला नहीं था, क्योंकि वहाँ ऐसे मुसाफ़िरों की टिकट देखने के लिए बंदा रखने की कोई तुक नहीं थी जो वहाँ कभी नहीं आने वाले थे। खैर मेरे पास तो देहरा का टिकट था जिसकी शाम को ज़रूरत पड़ने वाली थी।

मैं स्टेशन से बाहर निकला और शामली में कदम रखा।

स्टेशन के बाहर एक नीम का पेड़ था, जिसके नीचे एक ताँगा खड़ा था। घोड़ी पेड़ के नीचे रखी घास चबा रही थी। ताँगेवाले के सिवा आस-पास कोई नहीं दिखा। आस-पास लोग या आबादी का कोई निशान नहीं था। मैं ताँगे के पास पहुँचा तो उस नौजवान ने ऐसे हैरानी से देखा मानो उसे अपने देखे पर विश्वास न हो रहा हो।

''शामली कहाँ है?'' मैंने पूछा।

''क्यों, भइया, यही तो शामली है,'' उसने कहा।

मैंने आस-पास देखा तो जीवन के कोई लक्षण नहीं दिखे। बस एक धूल भरी पगडंडी जंगल की ओर जा रही थी।

''क्या यहाँ कोई रहता है?'' मैंने पूछा।

''मैं रहता हूँ,'' उसके चेहरे पर बड़ी मीठी मुस्कान दिखी। वह एक प्यारा-सा खुशदिल नौजवान था। उसने मटमैला सफ़ेद पाजामा और सूती कुर्ता पहना हुआ था।

''कहाँ?'' मैंने पूछा।

''अरे, अपने ताँगे में। मेरे पास पिछले पाँच बरस से ये घोड़ी है। मैं होटल का सामान ले जाता हूँ पर आज मैनेजर माल लेने नहीं आया। तुम होटल जा रहे हो तो मैं ले चलूँगा।''

''ओह, यहाँ होटल भी है?''

''हम्म, दोस्त, कहते तो यही हैं। वैसे कुछ घर और दुकानें भी हैं पर वे स्टेशन से मील भर की दूरी पर हैं। अगर वे यहाँ मील भर की दूरी पर न होते तो मेरा तो धंधा ही चौपट हो जाता।''

मैंने राहत की साँस ली पर अब भी मैं एक ताँगे और एक घोड़ी वाले शहर में जाने की इच्छा रखता था।

''तुम मुझे ले चलो। मैं आज शाम तक यहीं हूँ,'' मैंने कहा।

उसने मेरा सूटकेस ताँगे में रखा और मैं उसमें उचक कर बैठ गया। उसने लगाम लहराई और घोड़ी के पुट्ठों पर धौल जमाई। एक ही झटके से उसका ताँगा धूल भरी पगडंडी पर आगे चल दिया।

''यहाँ कैसे आये?'' उसने पूछा।

''कुछ खास नहीं। गाड़ी चलने में देर थी। मन उकताने लगा इसलिए यहीं उतर गया।''

उसे यकीन तो नहीं आया होगा पर उसने इस बारे में दोबारा कुछ नहीं पूछा। सूरज निकल आया था पर पगडंडी पर नीलगिरी, आम और नीम के दरख्तों की छाँह थी।

उसने कहा, ''होटल में बहुत लोग नहीं ठहरते, इसलिए सस्ता ही है। आपको पाँच रुपल्ली में कमरा मिल जाएगा।''

''मैनेजर कौन है?''

''मिस्टर सतीश दयाल। यह उनके पिता जी की जायदाद है। सतीश दयाल परीक्षा पास कर नौकरी नहीं पा सके इसलिए पिता ने होटल की देखरेख के काम पर लगा दिया।''

जंगल थोड़ा कम हुआ और हम एक मंदिर, मस्जिद और छोटे खोखों के आगे से निकले। उस हवा में जली हुई चीनी की गंध थी और मुझे दूर से ही कारखाने की चिमनी दिख रही थी। अच्छा, तो यह शामली के वजूद की वजह थी। हम गन्ने से लदी बैलगाड़ी के पास से निकले। वह सड़क गन्ने और मक्का के खेतों की ओर निकल गई थी और जब हम फिर से जंगल में प्रवेश करने ही वाले थे, तो जवान ने ताँगे को कोने वाली पगडंडी में ले लिया और वहीं होटल दिखाई दिया।

यह एक छोटा-सा सफ़ेद रंग का बंगला था जिसके आगे बगीचा बना हुआ था। एक ओर केले के गाछ थे और पिछले हिस्से में अमरूदों का बाग था। हम आगे वाले बरामदे में आ गए। कोई दिखाई नहीं दिया न कोई चहल-पहल दिखी।

''ये सब सोए पड़े हैं,'' नौजवान ने कहा।

मैंने कहा, ''मैं बरामदे में बैठकर इंतज़ार कर लूँगा।'' मैं ताँगे से उतरा तो उसने मेरा सूटकेस उठाकर बरामदे की सीढ़ियों पर धर दिया। फिर वह मेरे सामने, अपना मेहनताना पाने की आस में खड़ा हो गया।

''कितना?'' मैंने पूछा।

''दोस्ती के नाते, बस एक रुपया।''

''ये तो बड़ा ज़्यादा है,'' मैंने शिकायत की। ''यह दिल्ली नहीं है।''

''यह शामली है। बस मेरे पास ही ताँगा है। भले ही चाहो तो कुछ मत दो पर आज शाम को वापिस नहीं लेकर जाने वाला। पैदल चलकर स्टेशन जाना।''

मैंने उसे पैसे दे दिए। वह जितना आकर्षक था, उतना ही चालाक था और यह एक असरदार मेल था।

''शाम को छह बजे के करीब आ जाना,'' मैंने कहा।

''ठीक है। चिंता मत करो।'' उसने मुस्कुराते हुए कहा और आगे चल दिया। मैंने बरामदे की सीढ़ियाँ चढ़ने से पहले, ताँगे के मुड़ने का इंतज़ार किया और उसे देखता रहा।

घर के दरवाज़े बंद थे और बाहर कोई डोर बेल भी नहीं थी। मेरे पास घड़ी नहीं थी पर अंदाज़ा था कि अभी छह बज कर कुछ मिनट ही हुए होंगे। होटल कोई खास अच्छा नहीं दिख रहा था। दीवारों की सफ़ेदी उतरी हुई थी और बरामदे में रखी केन की कुर्सियाँ खासी पुरानी और टेढ़ी-मेढ़ी लग रही थीं। आगे वाले दरवाज़े पर एक बारहसींगे का सिर टँगा था पर उसकी एक नकली आँख निकल चुकी थी। मैंने अक्सर शिकारियों से सुना था कि कोई जानवर मरने से ठीक पहले कितना खूबसूरत दिखता है, पर सच्ची सुंदरता की कद्र करने वाला कोई इंसान उस वीभत्सता को दर्शाते जानवर के कटे सिर की परवाह कैसे करता होगा, जो उस ज़िंदा जानवर से कोई साम्य न रखता हो।

मैं इतना बेचैन हो उठा कि कुर्सी पर बैठने को मन ही नहीं माना। मैं बरामदे में चक्कर काटते हुए सोचने लगा कि क्या मुझे उनका दरवाज़ा खटखटा देना चाहिए? हो सकता है कि होटल ही वीरान पड़ा हो। हो सकता है कि ताँगेवाला मेरे साथ चाल चल गया हो। मुझे जल्दबाज़ी में गाड़ी छोड़ने के फ़ैसले पर अफ़सोस होने लगा। जब मैनेजर से भेंट होगी तो उसे बताना होगा कि मैं वहाँ क्या करने आया हूँ। मुझे जल्द ही कोई बहाना खोजना था और ऐसा करने में मैं माहिर था। मैं उसे यही कहने वाला था कि मेरा एक दोस्त कुछ साल पहले उसी इलाके में रहता था और मैं उसे खोजने के लिए ही वहाँ आया हूँ। मैंने तय किया कि अपने दोस्त को थोड़ा सनकी दिखाना होगा

(बेशक कोई ऐसा इंसान ही शामली को रहने के लिए चुनेगा), यही कहना होगा कि वह सारी दुनिया से कट कर, तन्हा रहने की मंशा से यहाँ रहने आया था। उसके माता-पिता, नहीं-नहीं, उसकी बहन ने मुझे उसे खोजने भेजा है। उसके माता-पिता तो अब दुनिया में नहीं रहे। उसका आखिरी पता शामली का ही था इसलिए मैं उसकी तलाश करने आया हूँ। उसका नाम रिटायर्ड मेजर रॉबट्‌र्स हो सकता है।

मैंने इमारत के एक ओर से नल चलने की आवाज़ सुनी और जा कर देखा तो एक नौजवान नल के नीचे नहा रहा था। वह गठे हुए बदन का नौजवान था और बड़े ही जोश से अपनी देह को थपथपाते हुए नहा रहा था। उसने मुझे आते हुए नहीं देखा था, इसलिए मैंने उसके नहाने तक प्रतीक्षा की। इसके बाद वह खुद को तौलिए से सुखाने लगा।

''सुनिए,'' मैंने कहा।

वह मेरी आवाज़ सुनकर मुड़ा और पल भर के लिए चकरा-सा गया। उसके भरे हुए गोल चेहरे पर काले घने बाल फब रहे थे। वह हौले से मुस्कुराया। पर यह मुस्कान ताँगेवाले की मुस्कान से कहीं ज़्यादा सरल थी। अब तक शामली में दो लोग मिले और दोनों के चेहरे खिले हुए दिखे। यह बात सोच कर मुझे खुश होना चाहिए था पर ऐसा नहीं हो सका। उसने धीमे से पूछा, ''आप होटल में ठहरने आए हैं?''

''बस एक दिन के लिए, तुम यहीं काम करते हो?'' मैंने पूछा।

''जी, मेरा नाम दया राम है। अभी मैनेजर साहब सो रहे हैं। मैं आपके लिए कमरा खोल दूँगा।''

उसने झट से बनियान और पाजामा पहना और मुझे बरामदे के पिछली ओर ले गया। उसने मेरा सूटकेस हाथ में लिया और एक कोने वाला दरवाज़ा खोल कर भीतर ले गया। हम एक गलियारे से गुज़रे और इसके बाद दया राम दाई ओर बने कमरे के दरवाज़े के पास रुका और उसे खोलकर मुझे एक छोटे से उजले कमरे में ले गया जिसकी खिड़की बगीचे की ओर खुल रही थी। उसमें पलंग, मेज़, दो बेंत की कुर्सियाँ और फ़ीका बदरंग हो चुका कालीन बिछा दिखाई दिया।

‘‘क्या यह ठीक रहेगा ?’’ दया राम ने पूछा।

‘‘बहुत बढ़िया। मेरे लिए ठीक है।’’

‘‘ये लोग आठ बजे नाश्ता देते हैं पर आपको अभी भूख लगी है तो मैं कुछ बना देता हूँ?’’

‘‘नहीं, अभी कुछ नहीं चाहिए। क्या तुम खाना भी बनाते हो ?’’

‘‘सारा काम मैं ही देखता हूँ।’’

‘‘क्या तुम्हें यह सब करना अच्छा लगता है ?’’

‘‘न,’’ अचानक उसका आत्मविश्वास लौट आया, ‘‘मेरे जैसे मर्दों को औरतें नहीं मिलतीं।’’

‘‘तुम ये जगह छोड़ क्यों नहीं देते फिर ?’’

‘‘छोड़ दूँगा। छोड़ दूँगा।’’

जब वह चला गया तो मैं बाथरूम में नहाने चल दिया। ठंडे पानी ने मुझे ताज़गी दी और मैं इसी दुनिया का दिखने लगा। जब मैंने खुद को सुखा लिया तो पलंग पर बैठकर, खिड़की के बाहर ताकने लगा। खिड़की से बारिश के आने की खबर देती भीनी महक ने स्वागत किया और मेरे शरीर से खेलने लगी। ऐसा लगा कि पेड़ों के बीच हलचल-सी हुई थी।

खिड़की के पास जाकर देखा तो एक बच्ची झूला झूलती दिखी। वह नन्ही लड़की अपने में मग्न गाना गाती हुई झूल रही थी और गाने के बोल हवा के साथ लहरा रहे थे।

मैंने झट से कपड़े पहने और कमरे से बाहर आ गया। उसकी पोशाक हवा में लहरा रही थी और चोटियाँ इधर-उधर झूल रही थीं। उसने मुझे पास आते देखा तो झूला रोककर हैरानी से देखने लगी। मैं उससे कुछ ही दूरी पर रुक गया।

‘‘कौन हो तुम?’’ उसने पूछा।

‘‘एक भूत,’’ मैंने जवाब दिया।

‘‘तुम भूत जैसे ही दिखते हो,’’ वह बोली।

मैंने इसे तारीफ़ की तरह ही लिया, क्योंकि मैं उससे दोस्ती करना चाह रहा था। मैं उसे देखकर नहीं मुस्कुराया क्योंकि कई बच्चों को यह देख कर

उलझन होती है कि बड़े लोग उन्हें देखकर दाँत क्यों निकालते रहते हैं?

''नाम क्या है तुम्हारा?'' मैंने पूछा।

वह बोली, ''किरन! दस साल की हूँ।''

''तुम तो बड़ी हो रही हो।''

''हम्म, सबको बड़ा होना ही पड़ता है। तुम और पास तो नहीं आ रहे, ना?''

''क्या मैं आगे आ सकता हूँ?'' मैंने पूछा।

''हम्म आ जाओ। तुम झूले को धक्का देना।''

एक चोटी उसकी छाती के पास थी और दूसरी कंधे से पीछे झूल रही थी। चेहरा इस तरह संजीदा था मानो उसके सिर पर कितना भार पड़ा हो। उसे बड़ा होने की जल्दी थी और मैं समझता हूँ कि शायद उसके पास ऐसे लोगों के लिए वक़्त नहीं था जो उसे बच्चा समझकर पेश आ रहे हों। मैंने झूले को धक्का दिया तो वह तेज़ी से झूलने लगी और फिर मैंने धक्का देना बंद कर दिया जिससे झूले की गति धीमी होती गई और हमारे बीच बातचीत हो सकी।

''यहाँ रहने वाले लोगों के बारे में बताओ ना,'' मैंने कहा।

''इधर हीरा रहता है। वह माली है। वह सौ साल का होने वाला है। वह झाड़ियों के पीछे काम कर रहा है। ध्यान से देखो, तभी दिखेगा। वह मुझे कहानियाँ सुनाता है, हर रोज़ एक नई कहानी सुनाता है। वह होटल में रहने वाले दूसरे लोगों और दया राम से कहीं अच्छा है।''

''हम्म, मैं दया राम से मिला था।''

''वह मेरा ख़याल रखता है। जब कोई देख नहीं रहा होता तो रसोई से मेरे लिए खाने की अच्छी चीज़ें भी लाता है।''

''तुम यहाँ नहीं रहतीं?''

''नहीं, मैं तो दूसरे घर में रहती हूँ। इधर से दिखाई नहीं देता। मेरे पापा फ़ैक्टरी के मैनेजर हैं।''

''कोई और बच्चा भी आस-पास नहीं रहता, जिसके साथ खेला जा सके?'' मैंने पूछा।

''मैं तो किसी को नहीं जानती,'' वह बोली।

‘‘और इधर रहने वाले लोग?’’

‘‘ओह! ’वे’ लोग।’’ यह तो साफ़ था कि किरन का ध्यान होटल में रहने वालों की ओर नहीं था। मिस डीड्स नशे में आकर मज़ेदार हरकतें करती हैं। और मिस्टर लिन तो कुछ ज्यादा ही ’अजीब’ हैं।’’

‘‘और मैनेजर दयाल कैसे हैं?’’

‘‘वह घटिया इंसान है। छोटी-छोटी चीज़ों से डर जाता है। पर उसकी बीवी बड़ी अच्छी है। वह मुझे फूल तोड़ने से भी मना नहीं करती। पर वह ज्यादा बात करना पसंद नहीं करती।’’

किरण ने जिस खूबसूरती से सारे लोगों के बारे में बताया, उसने मुझे मोह लिया। मैंने झूला रोककर पूछा, ‘‘मेरे बारे में क्या ख़याल है?’’

‘‘अभी तो तुम्हें जानती नहीं हूँ। थोड़ा सोच कर बताती हूँ,’’ उसने सयानों के लहजे में जवाब दिया।

~

जब मैं होटल में वापिस आया तो आगे वाले एक कमरे से पियानो बजने की आवाज़ सुनाई दी। मुझे संगीत की धुनों की इतनी जानकारी तो नहीं थी पर वह धुन बड़ी मधुर थी और सुनकर लगा कि बजाने वाला थोड़े संकोच में बजा रहा था। जब मैं पास गया तो संगीत की मधुरता जाती रही, शायद पियानो बेसुरा हो गया था।

पियानो बजाने वाले शख़्स के मंगोलियन लोगों जैसे नैन-नक्श देख कर अंदाज़ लगाया कि वही मिस्टर लिन होंगे। उन्होंने मुझे कमरे में आते नहीं देखा और मैं पर्दे की ओट में खड़ा उन्हें पियानो बजाते देखता रहा। उनके होंठ भरे हुए और गाल हल्के से ढलके हुए थे। उनकी बड़ी गोल आँखें एक अजीब से खालीपन से भरी थीं। उनकी लंबी और पतली उँगुलियाँ कीज़ को हौले-हौले छू रही थीं।

मैं उनके पास गया तो उन्होंने मुझे देखा और चेहरे पर किसी हैरानी या नाराज़गी के भाव के बिना ही पियानो बजाते रहे।

‘‘आप कौन-सी धुन बजा रहे हैं?’’ मैंने पूछा।

83 / रस्टी चला लंदन की ओर

''चॉपिन की धुन है,'' उन्होंने कहा।

''हम्म! पर पियानो सही साथ नहीं दे रहा।''

''जानता हूँ। ये पियानो बाबा आदम के ज़माने का है। पिछली सदी से इसे सुधारा नहीं गया।''

''क्या आप यहीं रहते हैं?''

''नहीं, मैं कलकत्ता से आया हूँ,'' उन्होंने झट से जवाब दिया। ''यहाँ गन्ने की खेती करने वालों से कुछ काम था, वैसे मैं कोई व्यवसायी नहीं हूँ।'' वे धीरे-धीरे धुन बजा रहे थे ताकि हमारी बातचीत में खलल न हो। ''मुझे बिज़नेस की कोई परख नहीं पर कुछ-न-कुछ तो करना ही था ना।''

''आपने पियानो बजाना कहाँ सीखा?''

''सिंगापुर में एक फ्रेंच महिला ने सिखाया था। उन्हें बड़ी आस थी कि मैं कंसर्ट में बजाने वाला पियानोवादक बनूँ। इस तरह मैं यूरोप और अमेरिका के दौरे पर भी जा सकता था।''

''तो आप गए क्यों नहीं?''

''हम युद्ध के दिनों में वहाँ से आ गए और मेरे सबक अधूरे छूट गए।''

''तो आप कलकत्ता क्यों गए?''

''मेरे पिता कलकत्ता के एक बिज़नेसमैन थे। अगर आपको बुरा न लगे तो जानना चाहूँगा कि आप कौन हैं और क्या करते हैं?''

मेरे जवाब देने से पहले ही ज़ोर से लगातार घंटी बजने लगी, जिसमें संगीत और बात का सुर डूब गया।

''नाश्ता,'' लिन ने कहा।

एक चश्मे वाले पतले साँवले से व्यक्ति ने घबराहट के साथ कमरे में कदम रखा और मुझे हैरानी से देखा।

''कल रात आप ही आए हैं?''

''जी। बस एक दिन के लिए ठहरना है। क्या आप ही मैनेजर हैं?'' मैंने कहा।

''जी। क्या आप रजिस्टर में साइन करना चाहेंगे?''

मैं उनके साथ बार से होते हुए ऑफ़िस में चला गया। मैंने अपना नाम

और देहरा का पता लिखा और लिखा कि मैं कब तक ठहरने वाला हूँ। फिर पेशे वाले कॉलम को बेहतर बनाने के लिए उसमें 'लेखक' शब्द लिख दिया।

''काम के सिलसिले में आए हैं?'' मिस्टर दयाल ने पूछा।

''नहीं, ऐसा भी नहीं कह सकते। देखिए, मैं अपने एक दोस्त की तलाश में हूँ जो कुछ समय पहले शामली में ही था। यह करीब तीन बरस पहले की बात है। मैं उसके बारे में पूछताछ करना चाहता हूँ, शायद वह अब भी यहीं रहता हो।''

''उनका नाम क्या था? शायद वे हमारे होटल में ठहरे हों?''

''मेजर रॉबर्ट्स। वे एक एंग्लो-इंडियन थे,'' मैंने कहा।

''हम्म, आप नाश्ते के बाद पुराने रजिस्टर देख सकते हैं।''

वे मुझे अपने साथ डाइनिंग हॉल में ले गए। वह जगह होटल की बजाय बोर्डिंग हाउस जैसी लग रही थी, क्योंकि दयाल साहब भी अपने होटल के ग्राहकों के साथ ही नाश्ता करते थे। कमरे के बीच में महोगनी से बनी एक गोल डाइनिंग टेबल थी और वहाँ मिस्टर लिन ही बैठे दिखाई दिए। दया राम प्लेटें और ट्रे लिए मंडरा रहा था। मैं मिस्टर लिन के पास जा बैठा, तभी गलियारे वाला दरवाज़ा खुला और उधर से करीबन पैंतीस साल की एक महिला आती दिखी।

उसने गठे हुए सुडौल जिस्म पर स्कर्ट और ब्लॉउज पहना हुआ था। वह ऊँची एड़ी के जूतों में कूल्हे मटकाती चली आ रही थी। नीरस से चेहरे पर लिपस्टिक और पाउडर की लीपापोती की गई थी—पाउडर की गहरी परतें उसके चेहरे से झलक रही थीं—पर उसकी देहयष्टि वाकई तारीफ़ के काबिल थी।

मिस्टर लिन फुसफुसाए, ''ये मिस डीड्स हैं।''

मिस डीड्स को दिखावटी अभिवादन किया।

उसने इस असर को घटाने के लिए उतने ही पुरज़ोर अंदाज़ में कहा, ''आप सबको हैलो दोस्तो। आप सब इतने चुप क्यों हैं? क्या मिस्टर लिन फिर से 'फ़्यूनरल मार्च' की मातमी धुन पियानो पर बजा रहे हैं?'' वह बैठ कर आगे बोली, ''सच्ची हमें माहौल में जान डालने के लिए थोड़ा-सा डांस

करना चाहिए। लिन, तुमने सिंगापुर के नाइट क्लब में समय बिताया है, कोई तो अच्छी धुनें बजानी सीखी होंगी। आज नाश्ते में क्या है? उबले अंडे। भाई दया राम! क्या तुम थोड़ा स्वाद बदलने के लिए कभी ऑमलेट नहीं पका सकते? मुझे पता है कि तुम पेशेवर रसोइया नहीं हो पर तुम्हें हमें रोज़-रोज़ एक ही नाश्ता देने की ज़रूरत नहीं है और तुम ये टोस्ट को जला क्यों देते हो। मिस्टर दयाल! आप रसोइए के लिए कुछ करते क्यों नहीं?'' अचानक मिस डीड्स को मैं बैठा दिखाई दिया। उसके चेहरे पर हैरानगी पसर गई, ''ओह हैलो,'' उसने मेरा सिर से पैर तक मूल्यांकन करते हुए कहा।

मिस्टर दयाल ने मेरा परिचय दिया, ''ये सज्जन एक लेखक हैं।''

''यह तो बड़ी अच्छी बात है। क्या आप विवाहित हैं,'' मिस डीड्स ने पूछा।

''नहीं, क्यों आपका विवाह हो गया?'' मैंने कहा।

''अरे बड़ी मज़ेदार बात है। इस घर में तो सभी कुँवारे हैं,'' मिस डीड्स ने मेरी बात का बुरा नहीं माना।

मिस्टर दयाल बोले, ''पर मैं तो शादीशुदा हूँ।''

''अरे हाँ,'' मिस डीड्स ने कहा और फिर मेरी ओर अपना ध्यान लगाया, ''आप शामली किस सिलसिले में आए हैं?''

''मैं अपने एक दोस्त मेजर रॉबट्स की तलाश में हूँ।''

मिस्टर लिन के चेहरे पर हैरानी उभर आई। ऐसा लगा मानो मेरा छल पकड़ा गया हो।

पर एक नया ही खेल आरंभ हो गया था।

लिन ने कहा, ''मैं उन्हें जानता था। वे मेरे अच्छे दोस्तों में से थे।''

लिन ने आगे कहा, ''जी, मैं उन्हें जानता था। अच्छे इंसान थे मेजर रॉबट्स।''

मैं तो अपनी सुविधा के हिसाब से किरदार गढ़ रहा था और मिस्टर लिन ने उनके साथ रिश्ता भी कायम कर लिया। मेरा मन नहीं माना कि उनकी बात काटी जाए। मैं देखना चाहता था कि वह बात को कहाँ तक ले जायेंगे।

''आपकी मुलाकात कब हुई?'' लिन ने ही पहल की।

''हम्म, तीन साल हो गए। वे जाने से ठीक पहले मिले थे। उनके आखिरी बार शामली में ही होने की खबर मिली थी।''

''जी, मैंने भी सुना था कि वे यहीं थे, पर जब उन्हें पता चला कि उनके रिश्तेदार उन्हें तलाश रहे हैं तो वे तिब्बत के पास पहाड़ों में चले गए।''

''अच्छा, ऐसा क्या।'' मैंने बेमन से आगे पूछा, ''देश का कौन-सा हिस्सा पड़ेगा? मैं भी पहाड़ से आया हूँ। मैं माणा और नीति दर्रे को भी अच्छी तरह जानता हूँ। क्या आपको कोई अनुमान है कि वे किस जगह गए हैं यदि बता देंगे तो मुझे उन्हें खोजने में आसानी होगी।'' इस बातचीत में मेरा ही पक्ष भारी था क्योंकि जो भी हो, ये मेजर रॉबट्र्स मेरा ही तो आविष्कार था। हालाँकि मैं मिस्टर लिन के फ़रेब को खत्म नहीं कर सका, मन में कहीं उनके लिए अफ़सोस-सा पैदा हो गया था। कोई खुशदिल इंसान तो ऐसा करने से रहा कि ऐसे लोगों से अपने संपर्क की बातें करे, जिनका कोई वजूद ही न हो। वह तो अपने ही दोस्तों में मग्न रहेगा।

''मिस्टर लिन, आपका जीवन भी काफ़ी तन्हा बीता है?'' मैंने पूछा।

''तन्हा? एक महीने पहले यहाँ आने तक मैं कभी तन्हा नहीं रहा। इससे पहले जब मैं सिंगापुर में था...''

''आपको तो किसी का खत भी नहीं आता?'' मिस डीड्स ने टाँग अड़ाई।

मिस्टर लिन पल भर को चुप रहे और फिर बोले, ''क्या आपको कोई खत आता है?''

मिस डीड्स ने उसी तरह अपना सिर उठाया जैसे घोड़ा नाराज़ होने पर हिनहिनाता है। ऐसा लगा जैसे उसके गौरव को ठेस लगी हो पर फिर वह अचानक ज़ोरों से हँसते हुए अपना सिर हिलाने लगी।

वह बोली, ''मैं कभी खत नहीं लिखती। मेरे दोस्त मुझसे सालों पहले ही नाउम्मीद हो चुके हैं। वे जानते हैं कि मुझे खत लिखना बेकार है, क्योंकि मैं कम ही जवाब देती हूँ। वे मुझे जंगल की राजकुमारी कहते हैं।''

मिस्टर दयाल हल्का-सा खंखारे और मेरे लिए भी मुस्कान छिपाना थोड़ा भारी हो गया। मैंने अपने भाव को ढकने के लिहाज़ से कहा, ''आप यहीं पढ़ाती हैं?''

''जी, मैं लड़कियों के स्कूल में पढ़ाती हूँ। पर मेहरबानी करके इस बारे में बात न करें। सारा दिन यही सब करना होता है,'' उसने भौंहें तिरछी करते हुए कहा।

''आपको पढ़ाना पसंद नहीं है?''

उसने मुझे खूँखार नज़रों से देखा, ''क्या ये पसंद की बात है?''

''हम्म, आपको यह काम पसंद तो होना ही चाहिए,'' मैंने कहा।

उसने उसाँस भरी और बोली, ''वैसे आप हैं कौन? इंस्पेक्टर ऑफ़ स्कूल हैं क्या?''

''नहीं, ये एक पत्रकार हैं।'' मिस्टर दयाल ने मेरी ओर से जवाब दिया।

''मैंने सुना है कि ये लोग बड़े ही फ़ितूरी होते हैं,'' मिस डीइस ने कहा।

एक बार फिर से मिस्टर लिन ने ही मामले को नाजुक होने से बचा लिया।

''अरे आज मिसेज़ दयाल किधर हैं?'' लिन ने पूछा।

''वे कल रात हमारे पड़ोसियों के घर थीं। शायद लंच टाइम तक यहीं होंगी,'' मिस्टर दयाल ने कहा।

पहली बार किसी ने मिसेज़ दयाल की बात की थी। किसी ने भी उनके बारे में अच्छा या बुरा कुछ नहीं कहा। मुझे शक था कि वे स्वयं ही सबसे दूरी बना कर रखती होंगी। मैं मिसेज़ दयाल के बारे में सोचने लगा।

~

दया राम बरामदे की ओर से चिंतित-सा भीतर आया।

''हीरा का कुत्ता खो गया। लगता है कि उसे तेंदुआ उठा ले गया,'' वह बोला।

हीरा माली, बरामदे की सीढ़ियों के पास हाथ बाँधे खड़ा था। हम झट से बाहर आए और उस पर सवालों की झड़ी लगा दी। उसने एक भी सवाल का जवाब देना ज़रूरी नहीं समझा।

''हम्म। यह एक तेंदुआ ही है। अब यह जल्दी होटल में भी आएगा,'' हीरा के पीछे से किरण ने आगे आकर कहा।

''चुप करो,'' सतीश दयाल ने बच्ची को बुरी तरह डपटा।

''पेड़ के नीचे पंजों के निशान हैं,'' दया राम बोला।

मिस्टर दयाल को शायद इस बारे में थोड़ी जानकारी थी। वे बोले, ''चलो, मैं देखूँगा।'' हम सभी किसी मातमी जुलूस में शामिल लोगों की तरह उनके पीछे हो लिए।

बगीचे की नरम मिट्टी पर कुछ निशान दिखे जो तेंदुए के भी हो सकते थे। वे नदी की ओर जा रहे थे। मिस्टर दयाल का चेहरा पीला पड़ गया और वे होटल की ओर लपके। हीरा आगे वाले बगीचे में लौट आया। वह बुरी तरह से गमगीन था। बाकी दूसरे लोग तेंदुए के बारे में सोच रहे थे पर उसके मन में अपने कुत्ते की याद के सिवा कुछ नहीं था।

मैं उसके पीछे गया और देखा कि वह सूरजमुखी के पौधों के बीच से खरपतवार छाँट रहा था। उसके चेहरे पर अखरोट की तरह झुर्रियाँ थीं पर आँखें पूरी तरह से साफ़ और चमकीली थीं। हाथ भले ही पतले और मरियल थे पर उसकी कलाई में इतनी ताकत थी कि खुरपी के वार से सारे खरपतवार फटाफट निकलते आ रहे थे। देह की चमड़ी सिकुड़ गई थी। मुझे अचानक सुबह के समय नहाते हुए दया राम की सुडौल देह याद आ गई। क्या कभी हीरा भी दयाराम की तरह रहा होगा या फिर दया राम भी कभी हीरा की तरह हो जाएगा—और इन दोनों ही संभावनाओं ने—मुझे उदास कर दिया। पर क्या उन्हें संभावनाएँ कहा जा सकता था? मैंने सोचा कि क्या हमारी त्वचा किसी पेड़ के पत्ते की तरह जवां, हरी और चमकदार होती है। इसके बाद यह भारी और गहरी होती जाती है। कई बार किसी बीमारी के चलते इस पर दाग और धब्बे आ जाते हैं, कई बार यह खाई जाती है। फिर यह हल्की पीली और लाल पड़ती हुई मर जाती है। धूल में मिल जाती है या इसे आग के हवाले कर दिया जाता है। मैंने अपनी चमड़ी को देखा, हालाँकि वह अब भी चिकनी थी क्योंकि उस पर मेहनत की मार नहीं पड़ी थी। मुझे किरण की हल्की गुलाबी रंगत याद आई; मिस डीड्स की चमड़ी सूखी और सख्त, मिस्टर लिन की चमड़ी हल्के पीलेपन में थी जो उसके उभरे गालों और माथे पर कसी हुई थी। मिस्टर दयाल की बूढ़ी चमड़ी पर मोटे सफ़ेद रोएँ उग आए थे। और मैं मिसेज़ दयाल के बारे में सोचने लगा, 'उनकी चमड़ी कैसी दिखती होगी।'

''क्या वह कुत्ता बहुत समय से तुम्हारे पास था?'' मैंने हीरा से पूछा।

उसने हैरानी से ऊपर की ओर देखा, क्योंकि उसे मेरे आने की आहट नहीं मिली थी।

''छह साल हो गए थे, साहब। कुत्ता बड़ा चुस्त तो नहीं था पर बड़े दोस्ताना स्वभाव वाला था। मैं एक दिन बाज़ार से घर आ रहा था तो वह मेरे पीछे-पीछे चला आया। मैं उसे परे हटाता रहा पर वह नहीं माना। रास्ता लंबा था इसलिए मैं उससे बातें करने लगा। मुझे उससे बात करके अच्छा लगा और मैं अक्सर उससे बातें करता। हम एक-दूसरे की बातों को समझने लगे थे। जब वह पहली रात मेरे घर आया तो मैंने दरवाज़ा बंद कर दिया पर वह वहीं खड़ा बड़ी आस से मुझे ताकता रहा। उसे मुझे ऐसे देखने की क्या ज़रूरत थी?''

''तो तुमने उसे रख लिया?''

''जी, मैं, उसके मुझे देखने के तरीके को कभी भूल नहीं सकूँगा। अब बड़ा अकेलापन लगेगा, केवल वही मेरा साथी था। मेरी बीवी और बेटा तो कबके गुज़र गए। लगता है कि जैसे मैं हमेशा यहीं रहने का पट्टा लिखवा कर आया हूँ। जब तक कि सारे चले नहीं जाते, जब तक शामली में बस भूतों का राज नहीं होता। यहाँ तो पहले से ही भूत बस रहे हैं...''

मैंने अपने पीछे पैरों की आहट सुनी और जब पलटा तो किरण को खड़े पाया। वह अपने पैरों से खरपतवार उखाड़ रही थी।

''आलसी कहीं की। अगर मेरी मदद करनी है तो बैठ कर ढंग से काम कर,'' हीरा ने कहा।

मैंने लड़की के गोल चेहरे और चमकीली आँखों को देखा तो उनमें छिपी सयानी लड़की दिखी। और बूढ़े की सयानी आँखों में कुछ नया और चमकदार-सा झलका। चमड़ी बदलने से आँखें नहीं बदलतीं। आँखें इंसान की उम्र और संजीदगी को पूरी सच्चाई से बयां करती हैं। एक अंधे के पास भी छिपी हुई आँखें होती हैं।

''उम्मीद करती हूँ कि हमारा कुत्ता मिल जाए। पर अगर तेंदुआ भी मिल जाए तो बढ़िया होगा। यहाँ तो कभी कुछ होता ही नहीं है,'' किरण बोली।

''अब नहीं,'' हीरा ने आह भरी। ''अब नहीं...क्यों, एक ज़माना था, जब यहाँ लोग बैंड की धुन पर सारी-सारी रात नाचते थे पर अब...'' वह

अपने ख़यालों में खो सा गया और फिर बोला, ''मैं तो हमेशा से यहीं हूँ। मैं तो शामली बनने से पहले भी यहीं था।''

''स्टेशन बनने से भी पहले?''

''हम्म, स्टेशन, कारखाना और बाज़ार; ये सब कुछ बनने से पहले। तब यह एक देहात था। और यहाँ आने के लिए बैलगाड़ी में बैठ कर आना पड़ता था। फिर बस सेवा शुरू हुई, फिर रेल की पटरी बिछी और स्टेशन बना। फिर चीनी की मिल खुली और कुछ सालों से शामली कस्बा बन गया है। पर जंगल शहर से भी बड़ा हुआ करता था। बहुत बारिशें होतीं और मलेरिया का प्रकोप फैलता। लोग ज़्यादा दिन तक शामली में नहीं ठहरते थे। धीरे-धीरे, वे अपने पहाड़ों पर लौट जाते। कई बार मैं भी पहाड़ों पर जाना चाहता था, पर जब आप बूढ़े हो जाओ और आपके पास एक बेतरतीब जगह में कुछ फूलों के सिवा कुछ न रहे तो कहीं जाने का फ़ायदा नहीं होता। मुझे फूलों और पहाड़ों में से किसी एक को चुनना था और मैंने अपने लिए फूलों को चुना। अब थक गया, बूढ़ा हो गया पर अभी फूलों से मन नहीं भरा।''

मैं देख सकता था कि बागबानी ही उसकी असली दुनिया थी; पूरे शामली शहर में इतने फूल नहीं होंगे, जितने उसकी फूलों की क्यारियों में दिख रहे थे। हर माह, हर दिन, बाग में नए फूल खिलते पर शामली के लोग ज्यों के त्यों रहते।

मैं माली और किरण को वहीं छोड़कर अपने कमरे में आ गया। शायद दिन के ग्यारह बजे होंगे।

~

मैं खिड़की की ओर मुँह किए खड़ा था कि दरवाज़ा खुलने की आहट सुनी। पलट कर देखा तो अपने हाथ में बंदूक लिए सतीश दयाल दिखे। वे पसीने-पसीने हुए पड़े थे। मुझे उनकी मंशा का पता नहीं था, इसलिए सारी बात जानने की कोशिश किए बिना ही अपने बचाव के बारे में पहले सोचा और एक तकिया उनके ऊपर उछाल दिया। इसके बाद उन्हें टाँगों से पकड़ कर धरती पर चित्त कर दिया।

जब हम उठे तो उनकी बंदूक मेरे हाथ में थी। वह एक पुरानी एनफ़ील्ड राइफ़ल थी जो शायद अफ़गान युद्ध के ज़माने की थी।

''पर...पर...पर आप ऐसा क्यों कर रहे हैं?''सतीश दयाल ने लड़खड़ाहट भरे सुर में कहा।

''पता नहीं। पर आप मेरे कमरे में इस तरह दाखिल क्यों हुए?'' मैंने भयभीत स्वर में कहा।

''मैं आप पर निशाना नहीं साध रहा था। ये तो तेंदुए के लिए है।''

''ओह, तो आप मेरे कमरे में तेंदुआ खोजने आ गए? आपको क्या लगता है कि मैं होटल मे तेंदुआ लाया हूँ।'' (अब तक मुझे यकीन हो गया था कि दयाल साहब का दिमाग फिर गया था और वे अपनी बंदूक से काल्पनिक तेंदुओं का शिकार करते डोल रहे थे।)

''नहीं, नहीं। मैं तो आपको खोज रहा था। आपसे पूछना था कि क्या आपको बंदूक चलानी आती है। मुझे लगा कि हमें उस तेंदुए की खोज में जाना चाहिए जो हीरा के कुत्ते को ले गया है। मिस्टर लिन और मुझे बंदूक चलानी नहीं आती,'' घबराए और परेशान मिस्टर दयाल ने कहा।

''आपकी बंदूक बहुत पुरानी है। यह तेंदुए के शिकार के लिए नहीं बनी। इसकी बजाय एक मज़बूत लाठी बेहतर होगी। क्यों न हम मिलकर लाठियाँ लेकर चलें और उस पर धावा बोल दें।''

मैंने तो यूँ ही हवाबाज़ी की थी। पर दयाल साहब गंभीर हो गए। ''हम्म, क्यों नहीं, क्यों नहीं। दया राम के पास गोदाम में एक-दो लाठियाँ होंगी। हम तीनों मिलकर ये काम कर सकते हैं। मैंने मिस्टर लिन से पूछा था तो उन्होंने तो साफ़ मना कर दिया कि उनका तेंदुओं से कोई लेना-देना नहीं है।''

''तो जंगल की राजकुमारी का क्या? हो सकता है कि मिस डीड्स हमारा साथ दें?''

''हो सकता है, पर उनसे न पूछना ही बेहतर होगा,'' मिस्टर दयाल ने चुटकी ली।

दया राम के साथ दो लाठियाँ लेकर हम बाग में निकले और पेड़ों के साथ-साथ पंजों के निशानों का पीछा करने लगे। हमें नदी के किनारे तक

जाने में दस मिनट का समय लगा। वह एक सूखा और चट्टानी इलाका था; इसके बाद हम जंगल की ओर निकले। दयाल साहब ने पीछे रहना ही मुनासिब समझा। सारा माहौल बहुत ही भारी और नमी से भरपूर था। ऐसा लग रहा था मानो पेड़ों के बीच साँस का कतरा तक न बचा हो। तभी सन्नाटे को चीरते हुए, तोता टर्राया और दयाल साहब बुरी तरह चिहुँके।

''ये क्या था?'' उन्होंने घबरा कर कहा।

''एक पक्षी था,'' मैंने समझाना चाहा।

''मुझे लग रहा है कि अब वापिस चलना चाहिए। मुझे नहीं लगता कि यहाँ कोई तेंदुआ होगा,'' उन्होंने कहा।

''आप इनके बारे में नहीं जानते। ये मुए कहीं भी हो सकते हैं,'' मैंने कहा।

दयाल साहब ठिठक गए। ''मुझे वापिस जाना होगा। मेरे पास बहुत काम पड़ा है। आप लोग लाठी लेकर खोज लो। मैं अभी दया राम को आपके पास भेजता हूँ।''

''यह तो बड़ी अच्छी बात है,'' मैंने कहा।

दया राम ने गर्दन हिलाई और बेमन से अपने मालिक के पीछे चल दिया। मैं धीरे-धीरे उस सुनसान पगडंडी पर चलते हुए सोचने लगा कि क्या मुझे भी लौट जाना चाहिए। मैंने दो बंदरों को पेड़ की शाखाओं पर खेलते देखा तो उससे ही अंदाज़ा लगा लिया कि उस इलाके में खतरे वाली कोई बात नहीं हो सकती थी।

फिर मैं एक ऐसी जगह आया जहाँ ताज़े और ठंडे पानी का तालाब दिखाई दिया। जिसमें पानी पहुँचने का ज़रिया लम्बी घास के पीछे से साँप की तरह बहती हुई छोटी नदी बनी हुई थी। पानी देखते ही जी ललचा गया। मैंने अपने कपड़े और लाठी एक ओर रखे और भाग कर कमर तक पानी में डूब गया। कुछ देर तक पानी में छपछपाने के बाद फिर किनारे पर लौट आया और घास पर लेटकर खुद को सुखाने लगा। मैं आँखें मूँदकर खूबसूरत ख़यालों में खो गया। मैं तेंदुओं के बारे में सब कुछ भूल चुका था।

हो सकता है कि आधेक घंटे तक झपकी भी लगी हो क्योंकि जब उठा

तो पानी छप-छप करता दया राम दिखाई दिया। मैंने उठ कर उससे समय पूछा।

''बारह बज गए,'' वह पानी से बाहर आते हुए चिल्लाया। उसकी देह सूरज की रोशनी में सुनहरी-रूपहली दिख रही थी। ''वे लोग लंच के लिए इंतज़ार कर रहे होंगे।''

''उन्हें इंतज़ार करने दो,'' मैंने कहा।

लाउंज और डाइनिंग हॉल की बेहूदी बातों के बाद दया राम से बात करने से बहुत सुकून मिल रहा था।

''दयाल साहब मुझ पर नाराज़ होंगे।''

''मैं उनसे कह दूँगा कि हमें तेंदुए के पंजे के निशान दिखे थे, और तेंदुए को जंगल में खोजते-खोजते हम इतनी दूर निकल गए थे कि रास्ता ही भटक गए। मिस डीड्स खाने में बड़ी नुक़्ताचीनी करती है, आज खाना उसे ही बनाने दो।''

''ओह, वह बस ऐसे ही बोलती है पर दिल की नेक है। वह काफ़ी नरमदिल है,'' दया राम ने कहा।

''अब उसकी शादी हो जानी चाहिए।''

''हम्म, उसे भी अच्छा लगेगा पर उससे ब्याह करेगा कौन? जब वह यहाँ आई थी तो सेना के अंग्रेज़ कप्तान की मंगेतर थी और शादी होने वाली थी, शायद वह उसे प्यार भी करती थी पर मेरे हिसाब से वह ऐसी औरतों में से है जो एक साथ कई मर्दों को प्यार करना चाहती हैं, कप्तान इस बात को समझ नहीं सका। मुझे लगता है कि इसे ऐसा ही बनाया गया है। हमेशा किसी के भी प्यार में गिरने-पड़ने को तैयार रहती है।''

''तुम्हें तो बहुत पता है,'' मैंने कहा।

''हम्म, पता तो है।''

हमने कपड़े पहने और होटल वापिस आ गए। मैंने सोचा कि कुछ ही देर में ताँगेवाला आ जाएगा और मुझे स्टेशन वापिस जाना होगा। शामली का रहस्यमयी आकर्षण अब नहीं रहेगा, पर जब भी यहाँ से गुज़रूँगा; एक बार मिस डीड्स, मिस्टर लिन और मिसेज़ दयाल के बारे में ज़रूर सोचूँगा।

मिसेज़ दयाल...ही बस वह इंसान थीं जिनसे मुलाकात नहीं हो सकी

थी। मैं थोड़े कौतूहल और उत्सुकता के साथ उनसे मिलना चाह रहा था। मानो शामली में बस वही एक राज़ बचा हो और शायद उनसे मिलने के बाद वह राज़ भी खुलने वाला था। पर फिर भी...मुझे लगा कि मैं जिस वजह से गाड़ी से उतरा था शायद, उनसे मिलने के बाद वह वजह जायज़ लगने लगेगी।

मैं दया राम से मिसेज़ दयाल के बारे में पूछकर अपनी जिज्ञासा शांत कर सकता था। पर मैं खुद ही इसकी तलाश करना चाहता था। मेरे पास आधा दिन बचा था और मैं इस खेल को इतनी जल्दी खत्म नहीं करना चाहता था।

मैं बरामदे की ओर आया तो कमरे से पियानो का स्वर सुनाई देने लगा।

''काश ये मिस्टर लिन अपनी मातमी धुनों के सिवा कुछ अच्छा बजा पाते। क्या आपको नाचना आता है?'' मिस डीड्स ने पूछा।

''अरे नहीं,'' मैंने कहा।

वह मायूस दिखी। पर जब मिस्टर लिन पियानो से उठे तो वह लाउंज में स्टूल पर जाकर बैठ गई। मैं दरवाज़े के पास खड़ा देखता रहा कि अब वह क्या करने वाली थी। मिस्टर लिन अचानक कमरे से बाहर निकल गए।

वह एक पुराने फ़िल्मी गीत की धुन बजाने लगी जिसे मैंने शायद कहीं ग्रामोफ़ोन रिकॉर्ड या फ़िल्म में सुना था। वह साथ में गीत भी गा रही थी आवाज़ थोड़ी खुरदरी पर सुखद थी :

रोलिंग राउंड द वर्ल्ड

लुकिंग फ़ॉर द सनशाइन

आई नो आई एम गोइंग टू फ़ाइंड सम डे...

(मैं इस संसार में सूरज की रोशनी खोजने निकली हूँ और जानती हूँ कि उसे एक दिन पा लूँगी)

इसके बाद उसने 'एम आई ब्ल्यू' और 'डार्लिंग', 'जे वोस एम ब्यूकॉप' की धुनें बजाईं। वह अपने गहन गंभीर सुर में गा रही थी, आँखें हल्की नम थीं और चेहरा अचानक ही दयालु दिखने लगा था। जब लंच के लिए घंटा बजा तो वह पियानो से उठी और अपनी भावुक मनोदशा से बाहर आ गई। वह खुद पर ही कहकहे लगाने लगी।

मुझे उस लंच के बाबत ज़्यादा याद नहीं है। पिछली रात नींद पूरी नहीं

हो सकी थी और सफ़र की थकान हावी हो रही थी। नहाने से ताज़गी तो मिली पर अब नींद आ रही थी। मैंने पेट भर कर चावल और कोफ़्ते खाए और फिर उनींदा महसूस करने लगा। मैं बाग की ओर किसी छाँह वाले पेड़ की तलाश में निकल गया।

लाउंज में शेल्फ़ पर कुछ किताबें रखी थीं। मैंने सोचा कि क्यों ना उनमें से कोई एक उठा ली जाए ताकि उसे पढ़ते हुए सोया जा सके पर वे इस लायक नहीं थीं। मैं बाग में गया तो झूले पर किरण दिखी, मैं उसके पास ही घास पर जा बैठा।

"तेंदुआ मिला क्या?" उसने पूछा।

"नहीं।" मैंने जंभाई लेते हुए कहा।

"अच्छा एक कहानी सुनाओ।"

"तुम सुनाओ ना," मैंने कहा।

"ठीक है। एक बार लंबी टाँगों वाला एक आलसी आदमी था। वह हमेशा उबासी लेता रहता और सोना चाहता था..."

मैं लगातार हिलते झूले और बच्ची की नन्ही टाँगों का हिलना देखता रहा और एक छोटा कीड़ा मेरी नाक के आगे मंडराने लगा...

"...और फिर वह सो गया क्योंकि उसे सपने देखना बड़ा पसंद था..."

मैंने कीड़े को दूर भगाया। अचानक मेरी आँखों के आगे झूला और किरण धुंधलाने लगे और फिर पेड़ों के बीच ओझल हो गए...

"...उसे सपना देखना पसंद था और तुम्हें क्या लगता है, वह क्या सपना देखता होगा?"

"वह सपना देखता था...सपना देखता था..."

~

जब मैं उठा तो सारे बाग से बारिश में भीगी हवा की गंध आ रही थी। मुझे याद आया कि मैं तो घास पर लेटा झूले के हिलने की आवाज़ सुन रहा था। या तो मैं बहुत देर नहीं सोया था या किरण बहुत देर से झूल रही थी; क्योंकि वह अब भी बिना आवाज़ के धीरे-धीरे झूल रही थी। मैंने आँखें खोल कर

देखा, मेरे सिर के नीचे रखी बाँह घास के रस से भीगी थी। मैंने इस उम्मीद से ऊपर देखा कि अभी किरण झूलती दिखेगी पर एक साँवली और छरहरे गठन की युवती दिखी, जो साड़ी पहने हुए थी। मैं पेड़ के तने का सहारा लेकर सीधा हुआ और किरण को देखना चाहा पर वह तो दिखाई ही नहीं दी। झूले पर उसकी बजाय गुलाबी साड़ी वाली युवती झूल रही थी। गुलाबी साड़ी वाली युवती के बालों में लाल गुलाब लगा था।

उसने एक ही झटके में झूला रोका और मुझे देखकर मुस्कुराई।

यह कोई लगातार दिखने वाली मुस्कान नहीं बल्कि एक ऐसा भाव था जो आने के साथ ही वापिस चला जाता है, एक उदासी से भरी मुस्कान। मैं जिस तरह दूसरों की चमड़ियों के बारे में सोच रहा था, उसी तरह मैंने दूसरों की मुस्कानों के बारे में भी गौर किया। ताँगेवाले की मुस्कान में दोस्ताना छल था; दया राम की मुस्कान निष्कपट थी। मिस डीड्स की मुस्कान निंदा भरी, उपहासात्मक थी और जब कोकी दिखी तो मैं जानता था कि यह मुस्कान कभी नहीं बदलती। वह हमेशा से वैसे ही मुस्कुराती आई थी।

हम्म, वही तो थी—कोकी। इसे मैं बहुत पहले गर्मियों के मौसम में, देहरा में मिला था। अब वह एक युवती थी पर मुझे उसे पहचानने में कोई दिक्कत नहीं हुई।

‘‘तुम बिलकुल नहीं बदले,’’ वह बोली।

अब मैं उठा और पेड़ का सहारा लिया। हालाँकि उसकी आवाज़ याद नहीं थी पर सुन कर ऐसा लगा मानो कल ही तो सुनी थी।

‘‘तुम भी तो नहीं बदलीं। पर यहाँ कैसे आ गईं?’’ मुझे तो अब भी समझ नहीं आ रहा था कि मैं जाग रहा था या सपना देख रहा था।

वह उसी तरह हँसी जैसे मुझ पर हमेशा हँसती थी।

‘‘मैं पेड़ों के पीछे से आई हूँ। वह नन्ही बच्ची चली गई।’’

‘‘हाँ, मैं तो सपना देख रहा हूँ,’’ मैंने असहाय भाव से कहा।

‘‘पर इधर कैसे आए?’’

‘‘पता नहीं। कम-से-कम जब आया था, तब तो पता नहीं था पर शायद तुम ही वजह रही होगी। शामली स्टेशन पर गाड़ी रुकी हुई थी और जाने क्यों

मैंने इस जगह एक दिन बिताने का फ़ैसला कर लिया, मैं स्टेशन से बाहर आ गया। कोकी, तुम्हारी तो शादी हो गई होगी?''

''मेरी शादी मिस्टर दयाल से हुई है। वे होटल के मैनेजर हैं और तुम्हारा क्या हुआ?''

''मैं एक लेखक हूँ। गरीब हूँ और अब भी देहरा में ही रहता हूँ।''

''क्या देहरा अब भी वैसा ही है?'' उसने पूछा।

''काफ़ी हद तक कह सकते हैं। तुम बताओ, कैसी हो?''

वह अचानक झूले से उतर कर पास आ गई, ''दोस्त, दो साल से यहीं हूँ और अभी से बूढ़ी महसूस करने लगी हूँ। पर आज तुम्हें देख कर अच्छा लगा। जैसे कोई जादू हुआ हो। मैं किरण के जाने के बाद पेड़ों के उस ओर से आई तो तुम्हें इधर सोते देखा। मैंने तुम्हें जगाया नहीं, क्योंकि मैं तुम्हें उठते हुए देखना चाहती थी।''

वह मेरे पास आई तो मैं उसे और अच्छी तरह देख सकता था। अब उसके गाल पहले जैसे गुलाबी नहीं रहे थे, उनमें हल्का पीलापन आ गया था और वह पहले से दुबला गई थी, पर आँखें अब भी वही थीं, उसी तरह मुस्कुराती हुई। जब उसने मेरा हाथ थामा तो उसके हाथों की उँगलियाँ भी वैसी ही नरम और नाज़ुक लगीं।

उसने कहा, ''मुझसे बात करो। अपने बारे में बताओ।''

''तुम बताओ ना,'' मैंने कहा।

''मैं शामली में रहती हूँ। बस मेरे पास अपने बारे में बताने को और कुछ नहीं है,'' वह बोली।

''तो चलो, बैठ कर बातें करें,'' मैंने कहा।

''इधर नहीं।'' वह मेरा हाथ थाम कर पेड़ों की ओट में ले चली। ''मेरे साथ आओ।''

मैंने ताँगेवाले की घंटी की आवाज़ सुनी तो रुक कर हँसने लगा।

''मेरा ताँगा आ गया। वह मुझे स्टेशन ले जाने आया है,'' मैंने उसे बताया।

''पर तुम अभी नहीं जा रहे,'' कोकी ने झट से कहा।

''मैं उसे सुबह आने को कह दूँगा। आज रात तुम्हारे शामली में ही कटेगी,'' मैंने कहा।

मैं होटल के आगे वाले हिस्से में आया जहाँ ताँगेवाला इंतज़ार कर रहा था। मुझे यह देखकर खुशी हुई कि आस-पास कोई नहीं था। वह नौजवान मुझे देखकर अपने जाने-पहचाने अंदाज़ में मुस्कुराया।

''मैं आज नहीं जा रहा। क्या कल सुबह आ सकोगे?'' मैंने कहा।

''दोस्त, जब कहोगे, आ सकता हूँ पर हर बार के पैसे देने होंगे क्योंकि खाली ताँगा लेकर स्टेशन से इतनी दूर आना पड़ता है। बस वही एक रुपया भाड़े का दे दो।''

मैंने बहस करने की बजाय उसे उसका भाड़ा दे दिया। उसने कोड़ा फटकार कर लगाम खींची और ताँगा चल दिया।

''अगर कल भी नहीं गए तो फिर कभी शामली छोड़ कर नहीं जा सकोगे!'' वह चिल्लाया।

मैं पेड़ों के पीछे निकल आया पर कोकी नहीं दिखी।

''कोकी, कहाँ हो तुम?'' मैंने पुकारा पर शायद मैं पेड़ों से बात कर रहा था क्योंकि मुझे कोई जवाब नहीं मिला। बाग की ओर से एक छोटा रास्ता जा रहा था। उसी पर गुलाब की पंखुड़ी गिरी दिखी। मैं पास गया तो एक और पंखुड़ी दिखी। ये तो कोकी के बालों में लगे गुलाब की पत्तियाँ थीं। मैं उसी रास्ते पर आगे चलता गया तो दूसरा बाग आ गया और वहीं से जंगल की ओर रास्ता जा रहा था। फिर मैं बाँसों के झुरमुट के पास से निकला, उस ओर घास बड़ी हरी थी मानो उसे लगातार पानी मिलता रहा हो। मुझे अब भी पंखुड़ी मिलती जा रही थीं। मुझे सेवन सिस्टर्स और हुदहुद पक्षियों की पुकार सुनाई दी। रास्ता एक नाले की ओर जा रहा था। जिसमें एक बेंत का वृक्ष नीचे तक झुका हुआ था और कोकी वहीं बैठी थी।

''मेरा इंतज़ार क्यों नहीं किया?'' मैंने कहा।

''देखना चाहती थी कि अब भी पहले की तरह अपनी राह तलाश सकते हो या नहीं?''

''ये देखो। मैंने तुम्हें तलाश ही लिया,'' मैंने नाले के पास हरी घास पर उसके पास बैठते हुए कहा। ''वैसे थोड़ा अभ्यास घट गया है।''

''हम्म। मुझे याद है, जब तुम मेरे लिए फल तोड़ने के लिए सेब के

पेड़ पर चढ़े थे। तुम पेड़ पर चढ़ तो गए पर नीचे नहीं उतर पा रहे थे। मुझे पेड़ पर जाकर तुम्हें नीचे लाना पड़ा था।''

''मुझे तो याद नहीं है,'' मैंने कहा।

''बेशक याद होगा।''

''अरे तुम्हारे किसी और दोस्त की बात होगी।''

''मैं कभी किसी के साथ पेड़ पर नहीं चढ़ी।''

''अच्छा, मुझे तो याद नहीं है।''

मैंने हमारे पास बहते छोटे से नाले को देखा। उसमें टखनों तक ठंडा पानी भरा था और पानी ठीक वैसा था जैसा मेरे घर के पहाड़ी नाले का था। मैंने जूते उतार कर पैंट ऊँची की और पानी में पैर डाले। कोकी के पैर भी मेरे पैरों से आ मिले।

पहले मैंने सोचा कि उससे उसकी शादी के बारे में पूछूँ, वह खुश है या नहीं, उसका पति कैसा है पर अब मैं यह सब नहीं पूछ सकता था। मानो अब उन बातों की कोई अहमियत न रही हो। मिस्टर दयाल और उसमें तो एक भी बात का साम्य नहीं था। मैंने महसूस किया कि वह अपने-आप में खोया रहने वाला इंसान कोकी की खूबसूरती, आकर्षण और अपनेपन को महसूस तक नहीं कर सका होगा। वह उससे उम्र में बहुत बड़ा था। बेशक वह कोकी के माँ-बाप की पसंद रहा होगा और अब तक उनकी कोई औलाद नहीं थी। अगर उनकी कोई औलाद होती तो शायद कोकी को अपने पति दयाल से भी कोई शिकायत न रहती। बच्चों के बीच उसका मन रमा रहता और सतीश दयाल के जुनूँ की कमी भी पूरी हो जाती—क्या सतीश दयाल में ऐसी कोई भावना थी भी या नहीं? मुझे याद है, देहरा में किसी से सुनने को मिला था कि कोकी की शादी किसी ऐसे इंसान से हुई थी जिसे वह पसंद नहीं करती थी। मुझे याद है कि मैंने उस खबर को कैसे भुला दिया था। शायद मैं जानता था कि जीवन में फिर कभी हमारी भेंट नहीं होगी और उसे खोने के बाद मैंने कभी उसे पाने की चाहना भी नहीं की पर वह फिर से मेरे सामने आ गई थी। और क्या वह अब भी खोई हुई थी? बस मुझे यही जानना था...

''तुम सारा दिन क्या करती हो?'' मैंने पूछा।

‘‘ओह, मैं स्कूल जाकर कक्षाओं में मदद करती हूँ। इस जगह पर स्कूल के सिवा किसी चीज़ में दिलचस्पी नहीं है। होटल बिलकुल बकवास है। मैं जितना हो सके, इससे दूर रहने की कोशिश करती हूँ।’’

‘‘और होटल के मेहमान ?’’

‘‘अरे, उनकी तो बात ही मत करो। चलो कुछ और बात करें। कल चले जाओगे ?’’

‘‘हम्म, जाना तो होगा। क्या तुम हमेशा यहीं रहोगी ?’’

‘‘लगता तो यही है।’’

यह सुनकर मैं खामोश हो गया। मैंने उसका हाथ थाम लिया और मेरे पैर पानी के नीचे पड़ी दलदल को मथने लगे। ज्यों ही दलदली पानी ठहरा, मुझे पानी में उसकी झलक दिखी। अचानक मन में ख़याल आया कि मैं उसका ध्यान रखना चाहता था, उसे सारी दुनिया से बचाना चाहता था। मैं उसे उस जगह से दूर, उदासी से भरे शामली से दूर ले जाना चाहता था। बेशक मैं भूल गया था कि मेरी माली हालत अच्छी नहीं थी, कोकी का परिवार क्या कहेगा या फिर यह भी याद नहीं था कि मेरे पैरों में जूतों का इकलौता जोड़ा था। अपने बचपन की एक दोस्त से मिलने के बाद मन में जो उमंग आ रही थी, उसने मुझे बहुत बेताबी से भर दिया था।

मैं उसकी हथेली अपने होंठों के पास लाया और उसे चूम लिया।

उसने अपना चेहरा मेरी ओर घुमा लिया ताकि हम एक-दूसरे की आँखों में देख सकें और मैंने उसे फिर से चूमा। हमने एक-दूसरे के गले में बाँहें डाल दीं और अपने पैरों को पानी में भिगोए-भिगोए, घास पर अधलेटे हो गए। हमने कुछ नहीं कहा और चुपचाप लेटे रहे, मानो ऐसा करते हुए कितने बरस बीत गए और फिर बारिश की एक बूँद गिरी।

यह एक बड़ी बूँद थी, जो मेरे साथ लेटी कोकी के गाल पर आ पड़ी और उसके होंठों तक बहती चली गई। अगली बड़ी बूँद, मेरी नाक के अगले हिस्से पर आकर बह गई। कोकी हँसते हुए उठ बैठी। नाले में पानी की बूँदों से छोटे चहबच्चे बनने लगे थे और हमारे ऊपर केले के पत्तों में टिप-टिप सुनाई देने लगी थी।

‘‘हमें चलना चाहिए,’’ कोकी बोली।

हम घर की ओर चल दिए पर अभी थोड़ी ही दूर गए थे कि बारिश तेज़ी से होने लगी और कोकी के बाल खुलकर उसकी देह पर लहराने लगे। बारिश और तेज़ हो गई। हमें चलते हुए पानी के छोटे गड्ढों और कीचड़ से अपना बचाव करना पड़ रहा था। मैंने उसे पेड़ के नीचे खींचा और अपने पास कर लिया। मैं उसे बारिश से बचाना चाहता था। ऐसा लगा कि वह रो रही थी पर यकीन से नहीं कह सकता था, क्योंकि हो सकता था कि उसके गालों पर पानी की बूँदें ठहरी हों।

‘‘मेरे साथ चलो,’’ मैंने बेचैनी से कहा। ‘‘यह जगह छोड़ दो। कल सुबह मेरे साथ चलो। हम कहीं दूर चले जाएँगे और हमेशा साथ रहेंगे।’’

वह मुझे देखकर मुस्कुराई और बोली, ‘‘तुम अब भी सपनों की दुनिया में जीते हो, है ना?’’

‘‘तुम मेरे साथ क्यों नहीं आ सकतीं?’’ मैंने चिड़चिड़ा कर कहा।

‘‘मेरी शादी हो चुकी है। बस इतनी सी बात है।’’

मुझे समझ नहीं आया कि उसे क्या जवाब दूँ। मुझे बहुत गुस्सा आ रहा था। जी में आ रहा था कि विद्रोह कर दूँ पर ऐसा कोई नहीं था जिसके लिए बगावत की जा सके।

‘‘मुझे अब वापिस जाना चाहिए,’’ कोकी ने कहा।

वह पेड़ के नीचे से निकल कर भागी तो कीचड़ उछल कर उसके पैरों को भिगोने लगा। मैं उसे बरामदे में पहुँचने तक बरसात के पर्दे के बीच भागते देखता रहा। उसने मुड़ कर, मुझे देख कर हाथ हिलाया और होटल में चली गई।

बारिश धीमी हो गई थी पर समझ नहीं आ रहा था कि अब क्या किया जाए। होटल में जाने का मन नहीं था और शामली से वापिस जाने का भी समय नहीं था। अगर घास गीली न होती तो शायद मैं वहीं कहीं पेड़ के नीचे सो जाता, होटल की उस खतरनाक डाइनिंग टेबल पर जाने का मन नहीं था।

मैं पेड़ों के नीचे से निकला और बगीचा पार किया पर बरामदे से निकल कर होटल की ओर जाने की बजाय पीछे की तरफ़ निकल गया। पिछले कमरे में एक चिमनी से निकलते धुएँ से अंदाज़ लगाया कि वही रसोई होगी। दया

राम, स्टोव के आगे उकड़ूँ बैठा, बर्तन में पक रही तहरी को हिला रहा था। उसकी महक से ही भूख लग आई। दया राम मुझे देखकर मुस्कुराया।

''मुझे लगा कि आप चले गए,'' उसने कहा।

''कल सुबह जाऊँगा।'' मैंने कहा और वहीं खाली पड़ी मेज़ पर बैठ गया। इसके बाद अचानक मन में एक बात आई और मैंने कहा, ''तुम मेरे साथ क्यों नहीं चलते? मैं देहरा में ही कोई काम खोज कर दे सकता हूँ। तुम्हें यहाँ कितना मिलता है?''

''एक महीने के पचास रुपये। पर तीन महीने से पगार नहीं दी है।''

''क्या कल सुबह तक पैसे मिल सकते हैं?''

''न, जब तक मेहमान अपना बिल नहीं चुकाते, मुझे कुछ नहीं मिल सकता। मिस डीड्स को अपनी शराब के ही पचास रुपये का उधार चुकाना है। उसका कहना है कि जब उसे स्कूल से सैलरी मिलेगी। तो वह उधार चुका देगी। और स्कूल उसे तब तक पैसे नहीं दे सकता, जब तक बच्चे फ़ीस जमा नहीं करवाते। इस तरह शामली में सभी फक्कड़ दिवालिए हो गए हैं।''

''हम्म, पर मिस्टर दयाल इस बहाने से तुम्हारे पैसे तो नहीं रोक सकते कि मेहमान उन्हें बिल नहीं चुका रहे।''

''अगर उन्हें पैसा ही न मिले तो वे ऐसा कर सकते हैं।''

''अच्छा, मैं तुम्हें अपना पता दे दूँगा। अगर कभी आना चाहो तो मेरे पास आ जाना।''

''मैं आपका पता रजिस्टर से ले लूँगा,'' वह बोला।

मैं स्टोव के पास गया और तहरी की गंध लेने लगा। मैंने कहा, ''मैं अपना खाना अभी और यहीं खाना चाहता हूँ।'' दया राम को कुछ भी कहने का मौका दिए बिना ही मैंने एक प्लेट उठा ली और बर्तन से तरही परोस ली।

दया राम ने एक और बर्तन दिखाया, ''उसमें से चावल ले लें।''

मैंने दूसरी प्लेट में चावल भरे और अपने हाथों से ही गपागप खाने लगा। दस मिनट में ही सारा खाना चट हो गया था। फिर मैं आराम से बैठ गया। पेट भरने के बाद मैं सभी लोगों के बारे में पूरे धीरज से सोच सकता था। मैं मिस्टर दयाल की चिंता, लिन के महीन झूठ और मिस डीड्स की

आक्रामकता को समझ सकता था। दया राम डिनर के लिए घंटा बजाने गया तो मैं अपने कमरे में लौट आया।

मैंने अपने कमरे की खिड़की से किरण को जाते देख कर पुकारा पर उसने मुझे नहीं सुना। वह भागते हुए गेट से बाहर चली गई। उसकी चोटियाँ हवा में लहरा रही थीं। बादल फिर आने-जाने लगे और आसमान में अपना निराला रूप बिखेरने लगे। शिवालिक की पहाड़ियों के पीछे सूरज डूब रहा था। उधर आसमान का रंग लाल था। यूकेलिप्टस के लंबे छरहरे तनों पर ललछौंहीं आभा उभर आई थी। बारिश बंद हो गई थी और उदास हवा पत्तों में लहरा रही थी। खिड़की की मुंडेर पर लगातार पानी की बूँदें टपक रही थीं। फिर सूरज उन पुरानी पहाड़ियों के पीछे डूब गया और मुझे उनसे परे, उन सभी पहाड़ों की याद सताने लगी, जिन पर मैं बचपन से घूमता आया था।

कमरे में अंधेरा होने पर भी मैंने लाइट नहीं जलाई। मैं खिड़की के पास खड़ा बाग की आहट सुनता रहा। कहीं एक मेंढक टर्राया और फिर पंख फड़फड़ाने की आवाज़ सुनाई दी। कल सुबह यहाँ से चल दूँगा और शायद किसी दिन शामली वापिस आऊँ या फिर न भी आऊँ। वैसे मैं यहाँ कभी भी मेजर रॉबट्र्स को देखने आ सकता था और कौन जाने, किसी दिन मैं उसे तलाश ही लूँ। वह खोया हुआ इंसान कैसा दिखता होगा? एक रोमानी इंसान, सपनों में जीने वाला, नीली आँखों वाला इंसान, किसी बर्फ़ीली पहाड़ी की चोटी पर झोंपड़ी में रहने वाला। बर्फ़ीले पहाड़ी नालों से मछली पकड़ने और जंगलों से लकड़ी काटने वाला, हमदर्दी से भरे दिल, बेतरतीब दाढ़ी वाला एक इंसान, जिसके मन में किसी के लिए बैर नहीं। जो पैसे और राजनीति, शहरों व सभ्यताओं को अपनी ठोकर पर रखता हो, जो अपना मालिक आप हो। जो कुदरत के साथ एक होकर रहे। जिसे किसी का भय न हो। पर वह तो मेजर रॉबट्र्स नहीं—यह तो वह इंसान था, जो मैं बनना चाहता था। वह कोई फ्रेंच या अंग्रेज़ नहीं था। वह तो मैं था, मेरा अपना सपना। काश, मैं उस मेजर रॉबट्र्स को खोज पाता।

～

जब दया राम ने दरवाज़ा खटका कर, दूसरों के डिनर कर लेने के बारे में बताया तो मैं कमरे से निकल कर लाउंज की ओर बढ़ा। लाउंज में बड़ी रौनक थी।

सतीश दयाल बार में जाम बना रहे थे। मिस्टर लिन पियानो पर था और मिस रीड्स अपनी ही धुन में कमरे के बीच नाच रही थी। साफ़ दिख रहा था कि उसने बहुत अधिक पी ली थी।

मिस्टर दयाल ने शिकायत की, ''सारी उधारी पर पिला रहा हूँ। पता नहीं, भुगतान कब होगा पर अगर इसे देने से मना किया तो सारे होटल में तोड़-फोड़ कर देगी।''

''यह ऐसा भी कर सकती है।'' मैंने कहा। ''और यह सब करने में उसे देर न लगेगी।''

लिन ने वाल्ट्ज़ की धुन बजानी आरंभ की। और मैंने पाया कि मिस डीड्स मेरे सामने खड़ी थी। ''ओल्ड ब्वाय, मेरे साथ डांस करोगे ?''

''थैंक्स, पर मुझे डांस करना नहीं आता।'' मैंने कहा।

''आह, छोड़ो भी। बोर मत करो।'' वह मुझे बार से खींच ले गई। मैं खुश था कि कोकी वहाँ नहीं थी। उसे बुरा न लगता पर वह मेरा मज़ाक उड़ाती। मैं जब कभी अपना ही मज़ाक बनाता तो वह बहुत हँसती थी।

हम वाल्टज़ नृत्य करने के लिए तैयार थे। मैं बस मिस के साथ थिरक रहा था। पर बात जम नहीं रही थी क्योंकि मैं उसे खुद से थोड़ा दूर रखने की कोशिश में था और वह मुझे अपनी छाती से लगा कर कुचलने को तैयार बैठी थी। जब लिन ने बड़ी देर बाद धुन पूरी की तो मैंने उसे शुक्रगुज़ार निगाहों से देखा और मिस से विदा ली। मिस सीधा पियानो के पास गई और लिन से कोई हॉट धुन बजाने का आग्रह करने लगी।

मिस्टर लिन ने चेहरे पर कोई भाव नहीं आने दिया और शायद फ्रग या जिटरबर्ग की पियानो धुन छेड़ दी। मिस खुद ही नाचने चल दी। मुझे खुशी हुई कि उसने इस बार नाचने के लिए मुझे नहीं न्यौता था।

वह सब दिखने में बहुत ही बदसूरत था : वह दीवानों की तरह नाच रही थी, लिन पूरी गंभीरता से पियानो बजा रहा था और मिस्टर दयाल बार के पास खड़े माथे पर बल डाले सब देख रहे थे। मैं सोचने लगा कि अगर

कोकी होती तो वह उनके बारे में क्या सोचती।

हार कर मिस डीड्स काउच पर ढह गई और गहरी साँसें भरने लगी। वह चिल्लाई, ''मेरे लिए ड्रिंक लाओ।''

मैं अपने पूरे सद्भाव के साथ पानी का गिलास लिए उसकी ओर बढ़ा। उसने एक घूँट भर कर बुरा-सा मुँह बनाया।

''ये क्या है। इसका स्वाद इतना अलग क्यों है?'' उसने कहा।

''पानी,'' मैंने कहा।

''नहीं। मज़ाक मत करो। सही-सही बताओ।'' उसने कहा।

''मैं यकीन दिलाता हूँ कि ये पानी है,'' मैंने कहा।

जब उसने देखा कि मैं संजीदा था तो उसका चेहरा लाल हो गया और लगा कि वह पानी मुझ पर ही उड़ेल देगी पर उसमें ऐसा करने लायक भी ताकत नहीं थी। उसने अपने पीछे गिलास पटका। दयाल ने छलांग लगा कर उसे पकड़ना चाहा पर गिलास दीवार से टकरा कर चूर-चूर हो गया।

मिस्टर दयाल ने हाथ झटके। ''बेहतर होगा कि इसे इसके कमरे तक छोड़ दें।'' उन्होंने ऐसे कहा मानो मैं ही मिस डीड्स के इस बर्ताव का ज़िम्मेदार था, क्योंकि थोड़ी देर पहले वह मेरे साथ ही नाच रही थी।

मैंने मिस डीड्स को काउच से उठाने की असफल कोशिश के बाद कहा कि मैं अकेले यह काम नहीं कर सकता।

दयाल साहब ने दया राम को बुलवाया और नौजवान झूमते-झूमते कमरे में आ खड़ा हुआ। हमने मिस डीड्स को एक-एक बाजू से पकड़ा और घसीटते हुए उसके कमरे तक ले गए। जब हम उसे बिस्तर पर लिटा कर आने लगे तो उसने कहा, ''मत जाओ मेरी जान। थोड़ी देर मेरे पास बैठो।''

दया राम तो झट से खिसक गया। मैंने कुंडी को पकड़े-पकड़े पूछा, ''किससे कह रही हैं। हम दो लोग हैं।''

''ओह, आप दो लोग हो,'' उसकी आवाज़ में मायूसी थी।

''दया राम ने आपको कमरे तक लाने में मेरी मदद की।''

''ओह, और तुम कौन हो?''

''मैं लेखक हूँ। भूल गईं, आपने मेरे साथ अभी डांस किया था।''

''बेशक, लेखक महोदय, आपने अच्छा डांस किया। अगर दया राम चाहे तो वह भी यहीं ठहर सकता है।''

मैं हिचक कर भीतर आ गया। मैं जितनी देर उसके कमरे में रहा। उसने आँखें नहीं खोलीं, उसकी एक बाजू पलंग से नीचे लटक रही थी और एक अधनंगी टाँग पलंग के कोने पर टँगी थी। बेशक वह सुंदर और आकर्षक थी पर मैं उससे भयभीत था। मैं चुपचाप उसके कमरे से निकला और दरवाजा बंद कर दिया।

～

जब मैं अपने बिस्तर में लेटा था तो एक सियार का हूआँ-हूआँ का सुर सुनाई दिया। अक्सर अपने आस-पास-खतरा होने पर वे साथियों को इसी तरह चेताते हैं। उन आवाज़ों के बीच बार-बार हल्की गुर्राहट भी सुनाई दे रही थी। मैंने बत्ती बुझाकर बंद खिड़की से बाहर ताका। लॉन के एक कोने में एक सियार दिखाई दिया। वह बार-बार अपना मुँह उठा कर सुर निकालता जिससे सारा पड़ोस थर्रा रहा था। फिर अचानक वह पेड़ों की ओर भाग गया।

मैंने पलंग पर लेटने से पहले यह देख लिया कि खिड़की अच्छी तरह बंद है या नहीं। मेंढक फिर से अपनी अनजान बोली में टर्र-टर्र करने लगे थे। मैं सोचने लगा कि क्या कोकी भी जाग रही होगी? क्या वह मेरे बारे में सोच रही होगी? रात के ग्यारह बजे होंगे। मुझे मिस डीड्स की याद आई जो पलंग पर एक टाँग लटकाए बेसुध पड़ी थी। मैं बेचैनी से कुछ करवटें लेने के बाद उठ बैठा। पिछली दो रातों से सोया नहीं था पर फिर भी नींद नहीं आ रही थी। मैं बत्ती जलाए बिना ही बिस्तर से उठकर कमरे से बाहर निकल गया और गलियारे से होते हुए मिस डीड्स के कमरे तक गया। वहीं खड़ा आहट लेने लगा। बस घड़ी की टिक-टिक सुनी जो शायद उसके कमरे या गलियारे में से आ रही होगी। दरवाजे को छूकर देखा तो उसे भीतर से बंद कर लिया गया था।

मैं कल सुबह शामली से अवश्य चला जाऊँगा। अगर इन लोगों की संगति में एक और दिन रहा तो बेशक इनके जैसा ही बन जाऊँगा। शायद मैं

107 / **रस्टी चला लंदन की ओर**

अभी से ऐसा करने लगा था! मुझे ताँगेवाले की बात याद आ गई, ''शामली में ज़्यादा दिन मत टिकना वरना इस जगह को छोड़ कर नहीं जा सकोगे।''

जब बारिश आई तो यह टिप-टिप बरसने वाली बरसात नहीं थी। अचानक मूसलाधार बारिश होने लगी। यह हरहराते हुए सारे जंगल को अपनी लपेट में लेते हुए आई, छत और खिड़की पर ओले बरसाने लगी और यह आवाज़ इतनी तेज़ थी कि सुन कर लगा कि कहीं खिड़की का काँच ही न टूट जाए। तूफ़ान की आवाज़ ऐसी थी मानो कहीं बड़ी बंदूकें गरज रही हों और इसके साथ ही बाग में बिजली का तमाशा हो रहा था। बिजली की पहली चमक में मुझे बाग का झूला दिखा। वह यूँ झूल रहा था मानो कोई अनजानी और ओझल शै उस पर झूल रही हो। मैं किरण के बारे में सोचने लगा। वह सो रही होगी या वह भी मेरी तरह कुदरत के इस नज़ारे को देखने के लिए जाग रही है? क्या वह इस तूफ़ान को झेल रही है? मेरे मन में कहीं आस थी कि वह भागती हुई अपने झूले के पास आएगी और तूफ़ान और बिजली को देख कर हँसेगी। शायद मैंने उसे देखा था, वह वहीं थी। अगर वह किसी वनदेवी की तरह कभी-कभी जंगल में बाहर आकर खेलने वाली भी होती तो मुझे शायद हैरानी न होती।

अचानक अपने ही पास कहीं तूफ़ान से बड़ी और भारी भड़ाम की आवाज़ सुनकर मैं झटके से उठ बैठा। शायद घर पर बिजली गिर गई थी। मैंने लाइट जलाई पर लाइट चली गई थी। किसी लाइन पर पेड़ गिर गया होगा।

मुझे गलियारे में बहुत से लोगों की आवाज़ें सुनाई दीं। मैं यह जानने को बाहर की ओर लपका कि क्या हो गया था। दरवाज़ा खोलते ही एक भूतिया साया सामने आ गया। यह मिस्टर सतीश दयाल थे, बड़े साइज़ के नाइट सूट में, हाथ में मोमबत्ती लिए दरवाज़े पर खड़े थे।

''मैं आपको जगाने आया था। यह तूफ़ान...'' वे अक्सर इसी तरह अधूरी बातों से खिझा देते थे।

''हम्म, ये तूफ़ान। सभी उठे क्यों हुए हैं?''

''पिछली दीवार और छत का कुछ हिस्सा ढह गए हैं। बेहतर होगा कि हम लाउंज में कुछ वक़्त बिता लें। वह सबसे सुरक्षित कमरा है। यह इमारत

बहुत पुरानी है,'' उन्होंने क्षमा माँगने के स्वर में कहा।

''ठीक है। मैं आ रहा हूँ,'' मैंने कहा।

लाउंज में दो मोमबत्तियाँ जला कर रखी गई थीं। एक पियानो पर और दूसरी काउच के पास छोटी मेज़ पर धरी थी। मिस डीड्स काउच पर थी जबकि लिन पियानो के स्टूल के पास था। देख कर लग रहा था कि वह किसी भी क्षण स्ट्राविंस्की की धुन बजाने लगेगा। दयाल कमरे में चक्कर काट रहा था। कोकी खिड़की के पास खड़ी तूफ़ानी रात को देख रही थी। मैं खिड़की के पास गया और उसे छुआ पर उसने मेरी ओर न तो देखा और न कुछ कहा। फिर से बिजली चमकी और उसकी आँखें भी पल भर को चमक उठीं।

''तुम किस समय निकलोगे ?'' उसने पूछा।

''वह सात बजे के करीब लेने आएगा।''

''अगर मैं स्टेशन आई तो गाड़ी छूटने से पहले पहुँच जाऊँगी।''

''तुम कैसे आओगी,'' मैं अचानक ही उत्साहित हो उठा।

''मैं देख लूँगी पर अगर नहीं आ सकी तो इंतज़ार मत करना। मेरे लिए वापिस मत आना। अपनी राह बढ़ जाना।''

उसने मेरी उँगलियाँ दबाईं और अपना हाथ पीछे खींच लिया। मैं अगली खिड़की से होते हुए, कमरे के बीच आ गया। बाहर से आती हवा के झोंके ने एक मोमबत्ती को बुझा दिया।

''आग लगे इस हवा को,'' मिस डीड्स चिड़चिड़ाई।

रात को मेरे कमरे की खिड़की भड़ाक से खुली और सारे कमरे में पत्ते और टहनियाँ बिखर गईं। मैं नम बिस्तर पर बैठा यूकेलिप्टस की भीनी गंध महसूस कर रहा था। धरती लाल थी मानो तूफ़ान ने सारी रात लहू उगला हो।

कुछ ही देर में मैं अपने सूटकेस सहित बरामदे में पहुँच गया और अपने ताँगेवाले के आने का इंतज़ार करने लगा। तभी मुझे पेड़ों के नीचे किरण दिखी। किरण की लंबी चोटियाँ लाल रिबन से बँधी थीं और वह बारिश और लाल धरती की तरह तरोताज़ा और निखरी दिख रही थी। वह बड़ी संजीदगी से मुझे निहार रही थी।

''क्या तुम्हें तूफ़ान अच्छा लगता है ?'' उसने पूछा।

''कभी-कभी। मैं जल्दी जाने वाला हूँ। क्या तुम्हारे लिए कुछ कर सकता हूँ?''

''कहाँ जा रहे हो?''

''दुनिया के दूसरे कोने तक जा रहा हूँ। मैं मेजर रॉबर्ट्स को खोज रहा हूँ। क्या तुमने उन्हें कहीं देखा?''

''कोई मेजर रॉबर्ट्स नहीं है। क्या मैं तुम्हारे साथ दुनिया के दूसरे कोने तक चल सकती हूँ?''

''तुम्हारे माता-पिता का क्या होगा?''

''हम उन्हें अपने साथ नहीं ले जाएँगे।''

''अगर तुम ऐसे जाओगी तो वे नाराज़ हो सकते हैं।''

''मैं अपनी मर्ज़ी से कुछ भी कर सकती हूँ। कहीं भी जा सकती हूँ।''

''अच्छा एक दिन वापिस आऊँगा और तुम जहाँ कहोगी, वहीं ले चलूँगा। तब हमें कोई नहीं रोकेगा। बोलो, ''अभी क्या कर सकता हूँ?''

''मुझे कुछ फूल चाहिए पर मेरा हाथ नहीं पहुँच रहा।'' उसने गुड़हल के फूलों की ओर इशारा किया जो दीवार के पास उगे हुए थे।

उन्हें तोड़ने के लिए दीवार पर चढ़ना पड़ता। कुछ फूल नीचे जमा पानी में टूट कर गिर गए थे और तैर रहे थे।

''ठीक है।'' मैंने कहा और दीवार पर चढ़ गया। फिर मैंने मुड़ कर कहा। इन्हें तुम्हारी ओर फेकूँगा। तुम आराम से लपक लेना।

मैंने टहनी झुकाई पर वह अभी कच्ची थी इसलिए उसे तोड़ने के लिए कई बार मोड़ना पड़ा।

''कोई कुछ कहेगा तो नहीं।'' मैंने उसकी ओर फूल बढ़ाते हुए कहा।

''नहीं, यह पेड़ किसी का नहीं है,'' वह बोली।

''पक्का?''

उसने ज़ोर से सिर हिलाया। ''पक्का। चिंता मत करो।''

मैं उसके लिए फूल तोड़ रहा था और वह मेरी सुरक्षा कर रही थी। उसके साथ और बातचीत ने मेरे भीतर अचानक बचपन को पाने की प्यास जगा दी थी। वे भाव सुंदर थे क्योंकि उन्हें कभी पूरी तरह समझा नहीं गया।

''तुम्हारा पक्का दोस्त कौन है?'' मैंने पूछा।

''दया राम। पहले बताया तो था,'' वह बोली।

वह अपने दोस्तों के लिए पूरी तरह से वफ़ादार थी।

''और दूसरे नंबर पर पक्का दोस्त कौन है?''

उसने अपने मुँह में उँगली डाल कर कुछ सोचा और गर्दन को एक ओर झुका कर बोली, ''मैं तुम्हें अपना दूसरे नंबर का पक्का दोस्त बना लूँगी।''

मैंने कुछ फूल उसके सिर पर बिखेर दिए। ''तुम तो बहुत अच्छी हो। मुझे तुम्हारा दूसरा पक्का दोस्त बन कर बड़ा अच्छा लगेगा।''

तभी ताँगेवाले की आवाज़ सुनी और मैंने उसे देख कर कहा, ''अब मुझे जाना होगा।''

मैं दीवार से कूदा तो जूते का तला बाहर निकल आया।

''मुझे पता था कि ऐसा होगा,'' मैंने उसे देख कर कहा।

''जूतों की परवाह कौन करता है?'' किरण बोली।

''सही बात है, किसे परवाह,'' मैंने कहा।

मैं बरामदे में आया तो किरण भी साथ ही आ गई। जब मैंने सूटकेस ताँगे में रखा तो वह होटल के बाहर खड़ी रही।

''बस एक दिन से आपका बचाव हो गया। आधा होटल रात गिर गया। बाकी आधा आज गिर जाएगा,'' ताँगेवाले ने कहा।

मैं उछल कर पिछली सीट पर बैठ गया। किरण रास्ते में खड़ी मुझे लगातार ताकती रही।

''मैं फिर जल्द मिलूँगा,'' मैंने कहा।

''मैं तुमसे आइसलैंड या जापान में मिलूँगी। मैं हर जगह जाने वाली हूँ,'' वह बोली।

''हो सकता है। हो सकता है कि तुम सब जगह जाओ,'' मैंने कहा।

हम एक-दूजे की अहमियत को जान और मान कर मुस्कुराए। मैंने उसकी चमकती आँखों में सयानेपन की झलक देखी थी। ताँगेवाले ने कोड़ा फटकारा, पहिए हिले और ताँगा पगडंडी पर चल दिया। हम एक-दूसरे को देख हाथ हिलाते रहे। किरण के हाथों में गुड़हल के फूलों का बसंत था। जब

उसने हाथ हिलाया तो कुछ फूल उसके हाथ से छूट कर हवा में नाच उठे।

शामली का स्टेशन ठीक वैसा ही दिख रहा था, जैसा एक दिन पहले लगा था। वही गाड़ी उसी स्टेशन पर खड़ी थी और चारदीवारी के दूसरी ओर कुछ कुत्ते भौंक रहे थे। मैं तब तक प्लेटफ़ॉर्म पर खड़ा रहा जब तक गाड़ी चलने की घंटी नहीं बज गई। पर कोकी नहीं आई।

जाने क्यों, मैं मायूस नहीं था। मैंने कभी भी उसके आने की आस नहीं रखी थी।

शामली हमेशा वहीं रहने वाला था। और मैं कभी भी, मेजर रॉबट्र्स की तलाश में वहाँ वापिस आ सकता था।

मेरी ज़िन्दगी का सबसे अहम दिन

गर्मियों की एक सुबह, मैं रोज़मर्रा के समय से थोड़ा पहले ही जग गया, अभी सूरज नहीं उगा था और न ही मेरी मोटी-ताज़ी मकान मालकिन, बीबीजी, मुझे चाय और परांठे के नाश्ते के लिए नीचे बुलाने आई थी। आज का दिन बहुत खास होने जा रहा था और मैं सारी दुनिया को इसके बारे में बताना चाहता था। पर जब आपकी उम्र चौबीस के करीब ही हो तो दुनिया इतनी संजीदगी से आपको नहीं सुनती।

मैं नल के नीचे नहाया, एक साफ़ पर बिना इस्त्री की हुई कमीज़ और मैली पतलून पहनी। जूते पॉलिश माँग रहे थे। मैंने कभी इन बातों की इतनी परवाह नहीं की पर मेरे पास स्टड और चमड़े की अच्छी बेल्ट हमेशा रही। मैंने बेल्ट पहनी। मैं बहुत छरहरा और एक हद तक कुपोषित था।

सड़कों पर ग्वाले अपना दूध बेचने निकल पड़े थे जिन्हें देखकर मुझे लेखक विलियम सारोयान की याद हो आई, जो बचपन में अखबार बेचते थे और उन्होंने आगे चलकर *द बाइसाइकिल राइडर इन द बेवरेले हिल्स* में अपने अनुभव लिखे। आवारा कुत्ते और गाय कूड़ेदानों के पास हल्ला मचाए हुए थे। केलों से लदा एक ट्रक धीमी गति से मंडी की ओर बढ़ा जा रहा था।

कहीं दूर से गाड़ी की सीटी की आवाज़ सुनाई दे रही थी।

एक-दो चाय के खोखे खुलने लगे थे। मैं उनमें से एक के पास रुका ताकि चाय पी जा सके। आज का दिन खास था इसलिए मैंने तय किया कि आज चाय के साथ ऑमलेट भी खाया जाए। दुकानदार ने अपने बिजली के रिकॉर्ड प्लयेर पर गाना चला दिया था और एक लोकप्रिय फ़िल्मी धुन पड़ोसियों

को जगाने का काम कर रही थी। गाने में एक लड़की का लाल दुपट्टा हवा के झोंके के साथ उड़ जाता है और फिर उसे एक सुंदर और बेरोज़गार नौजवान वापिस ले आता है। मैंने ऑमलेट खाया और बाज़ार की ओर चल दिया।

अभी दुकानें खुलने में वक़्त था पर न्यूज़ एजेंसी खुल गई होगी और मैं उसी ओर जा रहा था।

और नेशनल न्यूज़ एजेंसी मेरे सामने थी, बाहर ताज़े अखबारों के ढेर लगे थे। इलाहाबाद से *द लीडर*, लखनऊ का *द पायोनियर*, अंबाला का *द ट्रिब्यून* और कई बड़े राष्ट्रीय स्तर के अखबार भी थे। पर उनके बीच *इलस्ट्रेटिड वीकली ऑफ़ इंडिया* कहाँ था? क्या इस सप्ताह उसे आने में देर हो गई थी?

मैं हमेशा *इलस्ट्रेटिड वीकली ऑफ़ इंडिया* लेने के लिए सुबह छह बजे नहीं उठता था पर आज की बात निराली थी। यह संस्करण मेरे लेखन के साथ आया था। मेरे भारतीय पाठकों और इस अनूठे संसार के लिए मेरा सलाम था। मेरा उपन्यास इंग्लैंड में छपना था पर यह भारत में धारावाहिक के तौर पर इसी में प्रकाशित होना था।

मिस्टर गुप्ता ने अधखुली खिड़की से मुझे देखा और मुस्कुराए।

‘‘आप आज इतनी सुबह कैसे?’’

‘‘क्या वीकली आ गया?’’

‘‘आइए। ये लीजिए। मैं इसे बाहर फुटपाथ पर नहीं छोड़ सकता।’’

मैंने एक रुपया बढ़ाया, ‘‘मुझे दो प्रतियाँ दे दीजिए।’’

‘‘कुछ खास आया है? आपने क्रॉसवर्ड में पहला इनाम जीता है क्या?’’

मेरे हाथ उसे खोलते हुए काँप तो नहीं रहे थे पर उस प्रतिष्ठित पत्र के पन्ने पलटते हुए कलेजा मुँह को आया हुआ था—वह पचास के दशक की इकलौती पारिवारिक पत्रिका थी, साहित्यिक सफलता का प्रवेशद्वार—जिसका संपादन एक विचित्र आइरिशमैन शॉन मैंडी के हाथों में था।

और वह रही—मेरे उपन्यास की पहली किस्त, मेरा पहला जवां उम्मीदों से भरा उपन्यास, जिसके लिए मैंने कड़ी मेहनत की थी। इसमें मारियो दोस्त ने बहुत ही सुंदर जीवंत चित्र दिए थे, जो मुझसे उम्र में ज्यादा बड़ा नहीं था। और साथ ही युवा लेखक का चित्र भी दिया गया था, वह दुबला-पतला फूहड़

छोकरा कहीं से भी बुद्धिजीवी नहीं दिखता था।

मैंने मिस्टर गुप्ता के आगे पत्रिका लहराई, ''मेरा उपन्यास!'' मैंने उन्हें बताया, ''इसमें और आने वाले पाँच संस्करणों में यह किस्तवार छपेगा।''

वे बहुत प्रभावित नहीं दिखे। ''हम्म, उम्मीद करता हूँ कि इसके प्रसार में कमी नहीं आएगी।'' वे बोले। ''और आपको उन्हें अपनी अच्छी तस्वीर भेजनी चाहिए थी।''

मैंने दरियादिली दिखाते हुए तीसरी प्रति भी खरीद ली।

''प्रसार तो अच्छा होने लगा,'' मिस्टर गुप्ता मुस्कुराने लगे।

बाज़ार की जवानी लौट रही थी। हवा में वसंत का पुट था और सड़क पर चलते हुए, मेरे कदमों में भी वसंत उग आया था। मैं सारे संसार को अपनी जीत के बारे में बताना चाहता था, पर क्या संसार सुनना चाहता था? मेरे उस छोटे से उनींदे शहर में मेरा कोई उस्ताद नहीं था। ऐसा कोई नहीं था जिसके पास जाकर मैं अपने मन की बात कह पाता, ''देखो, मैंने क्या कर दिखाया। यह सब आपके ही दिए हौसले का कमाल है। आपका शुक्रिया!'' न तो कभी किसी की मदद मिली और न कभी किसी ने हौसला दिया, न पहले कभी ऐसा हुआ था और न अब वैसा था। मेरी वापसी के कुछ समय के बाद ही देवेंद्र ने देहरा छोड़ दिया, वह किसी काम के सिलसिले में दिल्ली चला गया। मेरे दूसरे दोस्त—सोमी, रनबीर और किशन भी देहरा में नहीं थे। अगर वे होते तो अब तक पूरे शहर में मेरी उपलब्धि का ढिंढोरा पीट दिया होता। स्थानीय क्रिकेट टीम के सदस्य कुछ दिलचस्पी ले सकते थे और उनमें से एक-दो यह भी कह देते, ''शाबाश! अब तुम हमारे लिए कुछ नए पैड और गेंदों का सैट खरीद सकते हो!'' और कुछ दोस्त ऐसे भी थे जो चाट की दुकान पर पार्टी की फ़रमाइश कर सकते थे, वह तो ठीक था पर क्या उनमें से कोई भी मेरा उपन्यास पढ़ता? कंप्यूटर और टी.वी. से पहले वाले ज़माने में भी पाठकों की गिनती बहुत ज़्यादा नहीं थी। पर शायद एक या दो लोग, दोस्ती के नाते पढ़ ही लेते।

सड़क के बीच खड़ी गाय ने मेरा रास्ता रोक रखा था।

''यह देखो, गाय दोस्त।'' मैंने जुगाली करती गऊ के आगे पत्र लहराया।

''मेरे उपन्यास की पहली किस्त छपी है। तुम्हारी क्या राय है?''

गाय ने पूरी दिलचस्पी से पत्र को देखा। उसे वे नए करकराते पन्ने खाने के लिहाज़ से अच्छे लगे। वह नाश्ते के लिए उन्हें खाने ही वाली थी कि मैंने पत्र को एक ओर कर लिया।

''मैं तुम्हें किसी और दिन ये पन्ने खिला दूँगा।'' मैंने उससे कहा और आगे चल दिया।

मेरी और गायों की बहुत जमती है और अगर वे आवारा हों तो और भी अच्छी पटती है। अक्सर एक गाय मेरे घर की सीढ़ियों के नीचे डेरा जमाए रखती, वह बारिश के दिनों में वहीं डेरा लगाती थी। गाय को आदत हो गई थी, मैं उसे लाँघ कर ही सीढ़ियों तक जा पाता था; उसे मेरे आने-जाने से कोई दिक्कत नहीं होती थी पर उसे उन लोगों से बेहद चिढ़ थी जो उसे हटाना या धकेलना चाहते थे। दूसरे किराएदारों को इस बात की बड़ी खुशी थी कि उसे मकानमालिक का किराया उगाहने वाले मुंशी से बहुत खुन्नस थी और वह अक्सर उसे दूर खदेड़ दिया करती।

मुझे बिलकुल याद नहीं कि उसके बाद का समय कैसे बीता। बस देर शाम जब दोस्तों के साथ जश्न पूरा हुआ तो मैंने खुद को टिमटिमाती ढिबरी के सामने अकेला बैठा पाया। अभी सोने का समय नहीं हुआ था और मैं बहुत सैर कर चुका था। मैंने कागज़ कलम लिए और नई कहानी लिखने लगा। मैं जानता था कि एक ही कहानी काफ़ी नहीं होगी। शहज़ादी को अपनी मौत की सज़ा टालने के लिए लगातार कहानियाँ सुनानी होंगी। मुझे उन कहानियों को लगातार लिखते रहना होगा ताकि मुंशी को दूर रखा जा सके और वह मुझे घर से बेदखल न कर सके।

मुट्ठी भर मेवे

वह छत पर बना कमरा नहीं था, बल्कि वह एक बड़ा कमरा था जिसके सामने की तरफ़ बालकनी थी और पीछे की तरफ़ बरामदा। एक पुराने शॉपिंग काम्प्लेक्स की पहली मंज़िल पर, जिसको अभी भी एस्ट्ले हॉल कहा जाता है, उसके सामने शहर की मुख्य सड़क थी, हालाँकि दीवार से लगा ड्राइव-वे उसे सड़क की पगडण्डी से अलग करता था। बिल्डिंग के सामने नीम का एक पेड़ उग आया था और बरसात के शुरुआती दिनों में जब निबौरी गिरती थीं और पाँवों के नीचे कुचली जाती थीं तब उससे जो तीखी गंध आती थी वह मैं कभी नहीं भूल सकता हूँ।

वह कमरा मैंने पैंतीस रुपये महीने के बहुत कम किराए पर लिया था, जो उस पंजाबी विधवा को एडवांस में देना होता था जो नीचे किराने की दुकान चलाती थी। उसकी दुकान में चावल, दाल, मसाले मिलते थे, लेकिन तब मैं खाना नहीं बनाया करता था, समय नहीं रहता था, इसलिए झटपट कुछ खाने के लिए मैं सड़क पार करके कुछ समोसे और वेजिटेबल पैटीज़ खाता था। जब भी मुझे किसी कहानी के लिए बढ़िया मेहनताना मिलता था तब मैं अपने लिए थोड़ी 'हैम' और ब्रेड लाता था, और हैम सैंडविच बनाता था। मेरे दोस्तों में से कोई, जय शंकर या विलियम मैथेसन होता था तो वो देखते-देखते हैम सैंडविच निपटा देते थे।

~

जब मैंने आँखें खोलीं तो पाया कि धोबी का बेटा सीताराम मेरे बिस्तर के पायताने बैठा हुआ था।

सीताराम की उम्र करीब 16 साल रही होगी, छरहरा बदन, जिसके लम्बे हाथ, लम्बे पैर और लम्बे कान थे। उसके होंठ मादक थे। काफ़ी अनाकर्षक-सा व्यक्तित्व था उसका, जिससे मुझे काफ़ी चिढ़ थी, लेकिन चूँकि वह अपने माता-पिता के साथ पीछे क्वार्टर्स में रहता था इसलिए उससे बचने का कोई रास्ता नहीं था।

''यहाँ कैसे आये?'' मैंने कुछ अशिष्टता से पूछा।

''दरवाज़ा खुला था।''

''इसका यह मतलब तो नहीं कि तुम अंदर आ जाओ। क्या चाहिए?''

''आपके पास धोने के लिए कपड़े नहीं हैं? मेरे पिता ने पूछा है।''

''मैं अपने कपड़े खुद धोता हूँ।''

''और चादर?'' उसने चादर को अच्छी तरह से देखते हुए कहा।''क्या आप अपनी चादर नहीं धोते हैं? यह बहुत गंदी है।''

''हाँ, मेरे पास यही एक चादर है। इसलिए अब जाओ।''

लेकिन वह तब तक मेरे नीचे से चादर निकाल चुका था। ''मैं आपके लिए मुफ़्त में धो दूँगा। आप अच्छे आदमी हैं। मेरी माँ का कहना है कि आप बहुत सीधे-सादे हैं।''

''मैं कोई सीधा-सादा नहीं हूँ। मुझे चादर चाहिए।''

''मैं आपके लिए दूसरी ला दूँगा। मैं आपको मुफ़्त में दूँगा। हमारे पास बहुत-सी चादरें धुलने के लिए आती हैं। कल ही छह चादरें अस्पताल से आयी हैं। बस दुर्घटना में कुछ लोग मारे गये हैं।''

''तुम यह कहना चाहते हो कि चादर मुर्दाघर से आयी हैं—जिनको लाश ढँकने के लिए इस्तेमाल में लाया जाता है? मुझे मुर्दाघर की चादर नहीं चाहिए।''

''लेकिन वे बहुत साफ़ हैं। आपको पता है ना कि खटमल लाश के ऊपर नहीं रहते। उनको ताज़ा खून पसन्द होता है।''

वह मेरी चादर लेकर चला गया और पाँच मिनट के बाद ताज़ी प्रेस की हुई चादर लेकर आया।

''फ़िक्र मत करो,'' उसने कहा। ''यह अस्पताल की चादर नहीं है।''

''कहाँ की है?''

''इंडियाना होटल। बदले में मैं उनको अस्पताल की चादर दे दूँगा।''

~

उत्साह का माहौल था, ब्रिटिश फ़िल्म एक्टर स्टीवर्ट ग्रेंगर शहर में आया हुआ था।

स्टीवर्ट ग्रेंगर देहरादून में? आम तौर पर बम्बई का कोई फ़िल्म स्टार वहाँ से गुज़रता था, लेकिन इस बार पहली बार हम एक विदेशी अभिनेता को देखने वाले थे। ज़ाहिर है, हम सभी जानते थे कि वह देखने में कैसा लगता था। मूक फ़िल्मों के ज़माने से ही ओडियन और ओरियेंट सिनेमाघरों में ब्रिटिश और अमेरिकी फ़िल्में दिखाई जाती थीं। अभी भी इन सिनेमाघरों में कभी-कभी मूक फ़िल्मों का प्रदर्शन किया जाता था, क्योंकि उनका साउंड सिस्टम पुराना हो चुका था, जिससे संवाद ठीक से सुनाई नहीं देते थे। इस बात से कोई फ़र्क नहीं पड़ता था कि फ़िल्म स्टार उसमें जॉन वेन हैं (या स्टीवर्ट ग्रेंगर हैं) क्योंकि उनके संवाद के बारे में अनुमान लगाया जा सकता था। लेकिन अगर आप नेल्सन एड्डी का गाना सुनना चाहते हों या होप और क्रॉस्बी के बीच की नोकझोंक सुननी हो तब मुश्किल होती थी।

हम इंडियाना के बाहर खड़े होकर स्टीवर्ट ग्रेंगर के शहर में आने की घटना के बारे में चर्चा कर रहे थे। वह यहाँ कर क्या रहा था?

''मेरे ख़याल से कोई फ़िल्म बना रहा है,'' मैंने बीच में आते हुए कहा।

वकील सुरेश माथुर ने आपत्ति जताई। ''किस बारे में? तुम्हारे सिवा किसी ने भी देहरा के बारे में किताब नहीं लिखी है, रस्किन, और तुम्हारी किताब किसी ने पढ़ी नहीं है। क्या किसी ने उनके ऊपर फ़िल्म बनाने के अधिकार खरीदे हैं?''

''अभी तक ऐसी किस्मत नहीं हुई है। इसके अलावा स्टीवर्ट ग्रेंगर की उम्र 36 साल है, जबकि मेरी किताब का हीरो 16 साल का है।''

''कोई फ़र्क नहीं पड़ता है। वे कहानी बदल देंगे।''

''मेरी मदद के बिना नहीं बदल सकते हैं।''

विलियम मैथेसन का कुछ और ही मानना था।

''वह राजपुर में अपनी आंटी से मिलने गया है।''

''हमें यह भी नहीं पता था कि राजपुर में उसकी कोई आंटी रहती थीं।''

''मुझे भी नहीं पता था। यह बस एक अनुमान है।''

''तुम और तुम्हारे अनुमान। हम इंडियाना के मालिक से पूछ लेंगे। स्टीवर्ट ग्रेंगर वहीं तो रहने वाला है, नहीं ?''

इंडियाना के मिस्टर कपूर ने हमारा ज्ञान बढ़ाया, ''वे शिकार को लेकर बनाई जा रही एक फ़िल्म के लिए लोकेशन ढूँढ़ रहे हैं। उस फ़िल्म का नाम है 'हैरी ब्लैक एंड द टाइगर।''

''क्या स्टीवर्ट ग्रेंगर काले आदमी की भूमिका में होगा ?'' विलियम ने पूछा।

''नहीं, नहीं, वह एक अंग्रेज़ी उपनाम है।''

''अंग्रेज़ी भी मज़ेदार भाषा है,'' विलियम ने कहा जो फ्रेंच जुबान को बेहतर मानता था।

''हमारे जंगलों में अब शेर बचे ही नहीं हैं,'' मैंने कहा।

''वे सर्कस से शेर लाकर उसको खुला छोड़ देंगे,'' सुरेश ने कहा।

''उम्मीद करता हूँ कि जंगल में,'' विलियम ने कहा। ''या वे उसको राजपुर रोड पर छोड़ देंगे ?''

''शायद टाउन हॉल में,'' सुरेश ने कहा। जिसको अपने हाउस टैक्स को लेकर म्यूनिसिपैल्टी से कुछ परेशानी चल रही थी।

स्टीवर्ट ग्रेंगर ने निराश नहीं किया।

दोपहर के दो बजे जब दिन में सबसे अधिक गर्मी थी वह एक खुली फ़ोर्ड गाड़ी में आया, खुले बदन। वह तब अपने पूरे उरूज पर था, ईवा गार्डनर के साथ 'भवानी जंक्शन' में काम करने के बाद से वह काफ़ी अच्छा लगने लगा था, और सभी ने उसके सुन्दर बदन और सुन्दरता की तारीफ़ की। वह इंडियाना के एक कोने में बैठ गया और वहाँ उसने कई बोतलें ठंडी बियर पी डालीं। पियानो पर लैरी गोम्स ने 'स्वीट रोज़ी ओ ग्रेडी' बजाना शुरू कर दिया, तब तक बजाता रहा जब तक कि स्टीवर्ट ने उससे कुछ अधिक मॉडर्न

बजाने के लिए नहीं कह दिया। लैरी ने 'गुडनाईट इरेने' बजाया, और स्टीवर्ट जो बियर की तीसरी बोतल पी रहा था साथ में गाने से खुद को रोक नहीं पाया। बगल की टेबल पर सुरेश, विलियम और मैं स्टार के बियर पीने के साथ तालमेल बिठा रहे थे, हम भी उस गाने में शामिल हो गये, और उसके बाद वहाँ सभी पागलों की तरह गाने लगे।

स्थानीय अखबार द दून *क्रॉनिकल* के संपादक ने ग्रेंगर का इंटरव्यू करने की कोशिश की, लेकिन उसको खास कुछ हासिल नहीं हुआ। किसी ने उसको प्रचार सामग्री दे दी, जो कि वहाँ बाँटी जा रही थी। उसमें यह लिखा हुआ था कि उसका जन्म 1913 में हुआ था, और उसके बाल काले थे और आँखें भूरी। वह अब भी थे। सिवाय बालों के। उसमें लिखा था कि उसकी लम्बाई 6 फीट 2 इंच थी और वजन 196 पाउंड था। वह देखने में इतना भारी लगता भी था। उसमें यह भी लिखा हुआ था कि जवानी में उसकी महत्त्वाकांक्षा यह थी कि वह 'नर्व स्पेशलिस्ट' बने। यह जानकर हमने उसको एक नये सम्मान के साथ देखा, हालाँकि हम लोगों में से किसी को भी इस बात के बारे में पक्का पता नहीं था कि 'नर्व स्पेशलिस्ट' होता क्या है।

वह चावल और करी को स्वाद के साथ खाने लगा, फिर एक और बियर की बोतल को गटकने में लग गया। इसके बाद अपने लिए इन्तज़ार कर रही कार की तरफ़ लौट गया। कुछ अच्छी तरह के हाव-भाव जताने, हाथ हिलाने और मुस्कुराहट के साथ स्टार का काफ़िला पहाड़ी की तरफ़ बढ़ गया।

बाद में हमने सुना कि उन्होंने फ़िल्म की शूटिंग मैसूर में करने का फ़ैसला किया, जो कि एकदम दक्षिण में था।

कोई हैरानी की बात नहीं थी जब वह फ़िल्म फ्लॉप हो गयी। बेचारा स्टीवर्ट।

दो महीने बाद युल ब्रेनर वहाँ से गुज़रा लेकिन उसके आने से वैसा जोश नहीं पैदा हुआ। हम फ़िल्म स्टार्स के आदी हो चुके थे। उसकी फ़िल्म भी देहरा में नहीं बनी। वह स्पेन में बनी, एक और फ़्लॉप।

～

कुछ ही हफ़्तों में मेरा 21वाँ जन्मदिन आने वाला था और मुझे इस बात की खुशी हो रही थी।

मैंने किसी को उस तारीख के बारे में बताया—शायद सुरेश माथुर को—और जल्दी ही मुझे बताया गया कि मुझे उस दिन को बड़ी धूमधाम से मनाना होगा, युवा मर्द के जीवन में 21 साल का बहुत महत्त्व होता है।

और इस जश्न के लिए पैसा कहाँ से आयेगा? मेरे बैंक अकाउंट में 300 से कुछ अधिक रुपये थे—जो किराया चुकाने, कोमल में खाने का बिल चुकाने और अपने लिए एक नयी पैन्ट सिलवाने के लिए काफ़ी था। जो पैन्ट मैंने दो साल पहले लन्दन में माइल रोड से खरीदी थी वो पुरानी हो गयी थी। एक और पैन्ट मैंने ऐसे कपड़े की सिलवाई थी जो न सिकुड़ने वाली थी, पर यह हर बार की धुलाई के बाद छोटी होती गयी और मैंने उसे एक टेलर को दे दिया कि वह उससे मेरे लिए दो शॉर्ट्स बना दे।

ज़ाहिर है, सीताराम मुझे जितनी चाहूँ पैन्ट देने के लिए तैयार था, बशर्ते कि मैं इस बात को लेकर परेशान न होऊँ कि उसका मालिक कौन था, और उसको समय पर लौटा दूँ ताकि वह उसको दुबारा धोकर उसके असली मालिक को दे आये। एक बार मैं उससे एक पैन्ट उधार लेकर आया, जो कि चैकदार कपड़े की बनी हुई थी, और उसको पहनकर मैं इंडियाना होटल के बाहर खड़ा होकर उसके मालिक से बात कर रहा था, तब मुझे ध्यान आया कि वह मेरी पैन्ट को घूरे जा रहा था।

‘‘मेरे पास भी एक ऐसी ही पैन्ट है,’’ उसने कहा।

‘‘इससे पता चलता है कि आपकी पसन्द अच्छी है,’’ मैंने कहा और फ़्लैट में लौटने के बाद सीताराम को खूब बुरा-भला कहा।

‘‘मैं दूसरे लोगों की पैन्ट के मामले में तुम्हारे ऊपर भरोसा नहीं कर सकता!’’ मैं चिल्लाया। ‘‘क्या तुम मुझे किसी ऐसे आदमी की पैन्ट नहीं दे सकते थे जो यहाँ से दूर रहता हो?’’

वह सच में बहुत पश्चाताप कर रहा था। ‘‘मैं सही साइज़ देख रहा था,’’ उसने कहा। ‘‘क्या आप धोती पहनना चाहेंगे? आप धोती में अच्छे लगेंगे। या लुँगी। यहाँ पर एक बैंगनी रंग की लुँगी है, वह एक पुलिस सब-इन्स्पेक्टर की है।’’

'बैंगनी लुँगी ? पुलिसवाले भी आखिरकार इंसान ही होते हैं।''

~

किसी की शादी हो रही थी, और शादी का जो बैंड बज रहा था, मिलिट्री की धुन बजाते हुए अचानक से मातमी धुन बजाने लगा, जो कि अन्तिम संस्कार के समय बजायी जाती है, और वे उसे इतना तेज़ बजा रहे थे कि मुर्दा भी जाग जाये।

सूजा मार्चेज़ की धुनों को बजाने के बाद वे हिन्दी फ़िल्मों की धुनों को बजाने लगे, और सीताराम हाथों को लहराते हुए आया और मेरे कान में आकर तलत महमूद का नया रोमांटिक गाना गुनगुना गया। मैंने अपनी तरफ़ से नेल्सन एडी के अन्दाज़ में गाने की कोशिश करते हुए 'वोल्गा बोटमैन' सुनाया, और मेरी मकान मालकिन नीचे दुकान से भागती हुई आयीं यह जानने ले लिए कि क्या धोबी ने अपनी पत्नी का गला घोंट दिया है या धोबी की पत्नी ने उसका गला घोंट दिया।

बहरहाल, यह जश्न का सप्ताह रहा...

अगली सुबह जब मैंने आँखें खोलीं तो पाया कि एक लाल चमकीला जेरेनियम मेरे चेहरे की तरफ़ घूर रहा था, उसके साथ जेरेनियम के कुचले पत्ते की गंध भी थी। सीताराम एक गमले में लगा जेरेनियम मुझे देते हुए मेरे जन्मदिन की बधाई दे रहा था। मैंने तकिये पर से एक कीड़े को हटाया और उठ बैठा। मैं प्रकृति को अपने इतने नज़दीक पाने के लिए तैयार नहीं था।

मैंने कीड़े को पत्ते पर उठाया और बाहर गिरा दिया।

''तितली बनकर आना,'' मैंने कहा।

सीताराम सुबह नहाकर आया था और तरोताज़ा लग रहा था। दुर्भाग्य से उसने बालों में चमेली के तेल जैसा कोई तेल लगा लिया था, और कमरे में उसकी गंध भरती जा रही थी। एक मधुमक्खी उसके चारों तरफ़ चक्कर भी लगाने लगी थी।

''शुक्रिया इस तोहफ़े के लिए,'' मैंने कहा। ''मुझे जेरेनियम फूल पाने की हमेशा इच्छा थी।''

‘‘मैं गुलाब का पौधा लाना चाहता था लेकिन गमला बहुत भारी था।’’

‘‘कोई बात नहीं। जेरेनियम बरामदे में अच्छा लगता है।’’

मैंने उस गमले को बालकनी के धुपीले कोने में रख दिया और उसने उस जगह का रूप बदल दिया। किसी बालकनी को जीवंत बनाने के लिए जेरेनियम से अच्छा कुछ भी नहीं होता।

जब हम दिन के जश्न को मनाने के बारे में योजना बना रहे थे तभी एक अजनबी मेरे खुले दरवाज़े से अन्दर आया (एक दिन मुझे इसको बन्द करना ही होगा) और उसने घोषणा की कि उसने एक ऐसा ‘फ़्लश टॉयलेट’ ईजाद किया है जो कि शहर में लोगों की शौच आदतों को बदल कर रख देगा। आम लोग अभी भी बिना पानी के पुराने शौचालय प्रयोग करते हैं, जो पैसेवाले हैं वही वेस्टर्न टॉयलेट का इस्तेमाल कर सकते हैं। उस अजनबी ने मुझे एक रेखाचित्र दिखाया जिसके बारे में उसका कहना था कि उसमें पूरबी और पश्चिमी दोनों ही शैलियों का मिश्रण था। आप उसके ऊपर भारतीय शैली में उकड़ूँ बैठ सकते हैं, बिना अधिक परेशानी उठाये, और पिछवाड़ा धोने के लिए इसमें फ़व्वारा लगा हुआ है, ठीक ऐन निशाने पर जाकर आपका काम कर देने वाला। वह आरामदेह था, उपयोगी था, सुरक्षित था। आपका मल एक छोटे से टैंक में जमा किया जा सकता है, जिसे भर जाने के बाद अलग किया जा सकता है, और खाली किया जा सकता है—कहाँ? उसने इस समस्या के बारे में सोचा नहीं था, लेकिन उसने मुझे आश्वस्त किया कि उसके इस आविष्कार का अच्छा भविष्य था।

‘‘लेकिन आप मुझे यह सब क्यों बता रहे हैं?’’ मैंने पूछा, ‘‘मैं इस तरह का महँगा शौचालय पॉट नहीं खरीद सकता।’’

‘‘नहीं, नहीं। मैं आपसे इसको खरीदने की उम्मीद नहीं कर रहा हूँ।’’

‘‘आपका मतलब है कि मैं करके दिखाऊँ?’’

‘‘बिलकुल नहीं। लेकिन आप एक लेखक हैं। मैं इस नयी टॉयलेट का नाम रखना चाहता हूँ। क्या आप इसमें मेरी मदद कर सकते हैं?’’

‘‘क्यों नहीं, इसका नाम ‘सिट सेफ़’ रख दीजिए,’’ मैंने सुझाव दिया।

‘‘‘सिट सेफ़!’ यानी सुरक्षित होकर बैठें, क्या नाम है! युवा मिस्टर

बॉन्ड, मुझे छोटे से तोहफ़े से आभार जताने दीजिए।'' और उसने मेरे हाथ में दस रुपये का नोट रख दिया और मैं विरोध जता पाता उससे पहले ही उसने कमरा छोड़ दिया। ''यह निश्चित रूप से मेरा ही जन्मदिन है,'' मैंने कहा। ''एकदम अजनबी आदमी आता है और मुझे पैसे दे जाता है।''

''इससे हम तीन फ़िल्में देख सकते हैं,'' सीताराम ने कहा।

''या बियर की तीन बोतलें खरीद सकते हैं,'' मैंने कहा।

लेकिन उस सुबह और कोई आमद नहीं हुई, और मुझे पुराने इलाहाबाद बैंक तक जाना पड़ा—जहाँ मेरी नानी ने अपनी जमा पूँजी खत्म होने से पहले रखी थी—और वहाँ से 100 रुपये निकाले।

''क्या आप मुझे यह बता सकते हैं कि बाकी कितना बचा है?'' मैंने मिस्टर जैन से पूछा, जिनको मेरी नानी की याद थी।

''दो सौ पचास रुपये,' उन्होंने मुस्कुराते हुए कहा। ''कुछ बचाने की भी कोशिश करो।''

मदद करने के लिए मेरा कोई रिश्तेदार नहीं था, लेकिन विलियम मैथेसन पीपल के पेड़ के नीचे मेरा इन्तज़ार कर रहे थे। उनके हाथ काँप रहे थे।

''क्या हुआ?'' मैंने पूछा।

''मैंने एक सप्ताह से एक भी सिगरेट नहीं पी है। आओ, मेरे लिए एक पैकेट चारमिनार खरीद दो।''

सीताराम बाहर गया और समोसे, जलेबी और छोटे केक लेकर आया। मैं गया और कुछ बियर की बोतलें, ऑरेन्ज और लेमन के ड्रिंक लेकर आया और विम्तो नाम की एक कोल्ड ड्रिंक भी, जिसकी उन दिनों बड़ी धूम थी। मेरी मकान मालकिन ने जब यह सुना कि मैं पार्टी दे रहा हूँ तो उन्होंने हरी मिर्च के पकोड़े भिजवा दिए।

जब पार्टी हुई तो जैसे एंटी क्लाइमेक्स हो गया।

जय शंकर समय पर आया और सारी जलेबियाँ खा गया।

विलियम सुरेश माथुर के साथ आया। सारी बियर पीकर वह और बियर की माँग करने लगा।

किसी ने भी सीताराम के ऊपर अधिक ध्यान नहीं दिया, वह इतना सहज

महसूस कर रहा था। काफ़ी हद तक आधुनिक शहर देहरा में जाति मायने नहीं रखती थी, जैसा कि देहरा उन दिनों था। वैसे भी जिस तरह से सीताराम वहाँ टहल रहा था, ऐसे जता रहा था जैसे वह उस जगह का मालिक हो, इसलिए यह मान लिया गया कि वह मकान मालकिन का बेटा होगा। वह मकान मालकिन के बनाये हुए पकौड़ों की दूसरी खेप लेकर आया। ये पहले पकौड़ों से भी अच्छे थे, और वे ऐन उस वक्त आये जब महारानी और इंदु बाहर आये।

''जन्मदिन मुबारक हो, प्यारे लड़के,'' महारानी ने ज़ोर से कहा और मिर्ची का सबसे बड़ा पकौड़ा उठा लिया। इंदु उनके पीछे-पीछे आयी और उसने मुझे सुनहरे और सिल्वर कलर में लिपटा हुआ एक बॉक्स दिया। मैंने उसको अपनी मेज़ पर रखा और यह कयास लगाया कि उसमें टाई पिन या स्टड नहीं हो बल्कि चॉकलेट हो।

महारानी को मिर्ची के पकौड़े खाने में देर न लगी।

''पानी, पानी'' वह चिल्लाई, और बाथरूम का दरवाज़ा खुला देखकर वह सीधे नल की तरफ़ भागीं।

आह, मेरे फ्लैट में बाथरूम ही सबसे कम आकर्षक था। उसमें नई-नई ईजाद की गयी सिट सेफ़ जैसा कुछ लगाया जाना बाकी था लेकिन सौभाग्य से थंडरबॉक्स की रस्सी नीचे थी, और कई दिन से वह खाली नहीं हुआ था। वहाँ एक जंग लगा हुआ टीन का मग रखा हुआ था। दीवार पर एक तौलिया लटक रहा था जिसने कभी अच्छे दिन भी देखे थे। वाशबेसिन के पास लाइफ़बॉय साबुन का एक टुकड़ा पड़ा हुआ था। अन्दर एक तिलचट्टे ने महारानी का स्वागत किया।

सब पर एक नज़र डालते हुए वह वापस आ गयीं। अपने हाथ से अपना मुँह दबाये।

''विम्तो पी लो,'' विलियम ने बोतल को निकालते हुए कहा जो गर्म और चिपचिपा हो गया था।

''बियर का एक गिलास,'' जय शंकर ने पूछा।

महारानी ने बियर की बोतल ली और एक लम्बा घूँट मार लिया। वह हाँफ़ने लगीं, मुझे उन्होंने तिरस्कार भरी नज़रों से देखा—मानो मिर्ची के पकौड़े

उनके लिए बनाए गये हों—और कहा, ''मुझे जाना है, बस तुमको विश करने के लिए रुकी थी। बहुत शुक्रिया—अगले साल तुम इंदु के जन्मदिन की पार्टी में ज़रूर आना।''

अगला साल बहुत दूर लग रहा था। ''इस तोहफ़े के लिए शुक्रिया,'' मैंने कहा।

और वह चली गयीं, और मैं अपने दोस्तों के साथ मनोरंजन करने के लिए रह गया।

सुरेश माथुर बियर से भी किसी अधिक तेज़ नशे की माँग कर रहा था, और मुझे खुद भी उसकी ज़रूरत महसूस हो रही थी। हम रॉयल कैफ़े की तरफ़ गये, हम सब सिवाय सीताराम के, जिसे और भी कुछ करना था।

शराब के दो दौर के बाद मेरे बचे हुए पैसे भी खत्म हो गये। और इसलिए मैंने विलियम और सुरेश को वहाँ बाद में आने वाले ग्राहकों से ड्रिंक्स माँगने के लिए छोड़ दिया, जबकि मैंने जय शंकर को परेड ग्राउंड के कोने पर अलविदा कह दिया। चूँकि अभी भी रौशनी थी इसलिए मुझे उसको घर तक छोड़ने नहीं जाना पड़ा।

कुछ मज़दूर परेड ग्राउंड में टेंट लगाने के लिए गड्ढा खोद रहे थे।

दो बच्चे आने वाले कार्यक्रम की चर्चा कर रहे थे।

''सर्कस आने वाला है।''

''क्या वह बड़ा सर्कस है?''

''यह सबसे बड़ा है! शेर, हाथी, घोड़े, चिम्पांजी! रस्सी पर चलने वाले, कलाबाज़ी दिखाने वाले, तगड़े आदमी...''

''क्या कोई जोकर भी है?''

''वह तो होना ही चाहिए। बिना जोकर के सर्कस कैसे हो सकता है?''

मैं जल्दी से घर गया, सीताराम को सर्कस के बारे में बताने के लिए। कमरा अस्त-व्यस्त था, और महारानी का तोहफ़ा मेरी मेज़ पर पड़ा हुआ था, अभी भी पैकेट में लिपटा हुआ।

''देखते हैं कि इसमें क्या है,'' मैंने कहा, और पैकेट को फाड़कर खोलने लगा।

वह सूखे मेवों का छोटा-सा डिब्बा था—बादाम, पिस्ता, काजू और कुछ सूखे अंजीर।

‘‘बस मुट्ठी भर मेवे,’’ सीताराम ने कहा और अंजीर को खाते हुए मुँह बनाने लगा।

मैंने बादाम खाने की कोशिश की। लेकिन वह कड़वा लगा और मैंने उसको थूक दिया।

‘‘ज़रूर उसने अपनी शादी के दिन से बचाकर रखे थे,’’ सीताराम ने कहा।

‘‘एक तरह से सही है,’’ मैंने कहा। ‘‘कुछ बेवकूफ़ों (नट्स) के लिए मुट्ठी भर मेवे (नट्स)।’’

❑❑❑